CHRISTMAS KISS UNTERM MISTELZWEIG

Verliebt in New York

ANNA FERBER

Christmas Kiss unterm Mistelzweig

Verliebt in New York

Roman

ANNA FERBER

CHRISTMAS KISS unterm Mistelzweig

❤ Verliebt in New York ❤

Weitere Informationen unter:
www.annaferber.de

ISBN: 979-8860960510

LOVELETTER

Werde Mitglied in

ANNAS LOVE - BOOKS CLUB

Die Mitglieder von meinem ***LOVE - BOOKS CLUB*** *bekommen als Dankeschön ein E-Book geschenkt, exklusive Infos, was hinter den Kulissen passiert und andere schöne Sachen, die mit meinen Büchern zu tun haben.*
Als Mitglied erfährst Du immer als Erste, wenn es neue Bücher oder andere Veröffentlichungen von mir gibt.
Am Ende des Buches erfährst Du, wie Du Mitglied in ***ANNAS LOVE - BOOKS CLUB*** *werden kannst.*

Merry Christmas

Kiss me under the mistletoe.

Kapitel Eins

ARIANA

»Jetzt komm schon ...«, murmle ich kopfschüttelnd und marschiere ungeduldig in meinen gefütterten Boots auf dem hellgrauen Marmorfußboden auf und ab.

Immer wieder werfe ich einen verstohlenen Blick auf die Anzeigetafel oberhalb des Lifts.

Warum dauert das so lange?

Statt mich zu entspannen, um mich zumindest innerlich bereits ein wenig auf die anstehenden Feiertage einzustimmen, zähle ich in Gedanken die Stockwerke mit und grummle Flüche vor mich hin, in der Hoffnung, dass der Fahrstuhl endlich die fünfzehnte Etage des Wohnhauses an der 10th Avenue erreicht. Damit ich mich auf den Weg zu meinem letzten Kunden an diesem nervenaufreibenden Tag machen kann – zu dem mich meine Chefin zusätzlich verdonnert hat. Obwohl ich – wie mir ein rascher Blick auf meine Armbanduhr an meinem linken Handgelenk bestätigt – schon seit einer halben Stunde Feierabend habe.

Genervt rolle ich die Augen und rücke mir meine rote Hornbrille auf meiner Nase zurecht. Die letzten Wochen waren extrem stressig. Ich bin müde und nervlich angekratzt.

Kein Wunder.

Kurz vor Weihnachten dreht ganz Manhattan durch und wünscht sich für die zahlreichen Firmen- und Familienevents neue angesagte Outfits. Und weil das große Fest wie jedes Jahr viel zu plötzlich kommt, gibt der Kleiderschrank natürlich nichts Passendes her, um bei besagten Veranstaltungen zu glänzen. Zur Weihnachtszeit sind die persönlichen Einkaufsbegleiter genauso unersetzlich wie die fleißigen Elfen des Weihnachtsmannes.

Wenn all diese Überstunden wenigstens vernünftig bezahlt werden würden und man sich nicht am Monatsende wie ausgebeutet fühlen würde, dann würde ich meine Situation lediglich mit einem gelassenen Lächeln quittieren. Leider entspricht die Ausbeutermentalität eher der Realität. Mir bleibt jedoch keine andere Wahl, als mich meinem Schicksal als fleißiges Bienchen, das auf der Stelle tritt, zu ergeben. Selbst den Hungerlohn habe ich bitter nötig. Die Krux ist: Ich liebe diesen verdammten Job – trotz der widrigen Umstände. Sinnlos es abzustreiten.

Als sich die Türen mit einem leisen *Pling* öffnen, husche ich mit meiner bunten Tablet-Tasche, in der meine wichtigsten Arbeitsutensilien stecken – iPad, Visitenkarten, Notizzettel, Kugelschreiber, mein Smartphone und das Mini-Make-up Set für Notfälle –, hinein und lehne meinen Kopf erschöpft gegen die geriffelte Metallverkleidung.

Tief atme ich ein, um mich zu sammeln und nach diesem anstrengenden Tag, an dem ich problemlos mit einem Marathonläufer mithalten könnte, irgendwie neue Energie zu schöpfen. Doch aus der kurzen Verschnaufpause wird nichts. Sofort zucke ich zusammen, als sich die von der Fahrstuhlwand ausgehende Kälte ausbreitet, über meine Kopfhaut kribbelt und unter den dünnen Stoff meiner Bluse kriecht.

Fröstelnd streiche ich mir am Hinterkopf über mein langes dunkles Haar und sehne mich nach einer heißen Dusche, um mich anschließend mit einer Tasse Tee auf meiner Couch einzukuscheln.

Brrr, ist das kalt.

Die Temperaturen sind heute so eisig wie meine Laune – kurz vor dem Gefrierpunkt. Normalerweise kann mich nichts so leicht erschüttern, denn ich bin – durch meine spanischen Vorfahren geprägt –, eher temperamentvoll und sonnigen Gemüts. Aber nachdem mich mein Freund vor einem Monat wegen einer Arbeitskollegin verlassen hat und mir vor zwei Wochen fristlos der Mietvertrag gekündigt wurde, bringen mich die derzeitigen Umstände an meine Belastbarkeitsgrenze. Weil mein Privatleben dermaßen den Bach runtergeht, mutiere ich immer mehr zur muffigen Zicke und muss mich arg zusammenreißen, mich nicht zu unüberlegten Unverschämtheiten hinreißen zu lassen und meinen Job als Personalshopperin zu gefährden.

Einen Lichtblick am trüben Vorweihnachtshimmel gibt es jedoch: Später habe ich noch einen Termin mit einer Maklerin, die eine schöne und vor allem bezahlbare Wohnung für mich in ihrem Portfolio hat. Die Beschreibung klingt zumindest sehr vielversprechend und mein Wohnungsproblem wäre schnell gelöst.

Wenn ich den Mietvertrag erst einmal unterschrieben habe, mache ich drei Kreuze. Und könnte dann an meinen einzigen freien Tagen zwischen Weihnachten und Neujahr umziehen.

Hoffentlich weiß der nächste Kunde, was er will, beharrt nicht auf Sonderwünsche, die ich ihm heute nicht erfüllen kann, und der Termin läuft reibungslos ab, damit ich pünktlich zu dem Besichtigungstermin erscheinen kann.

Ratternd bremst der Lift ab, woraufhin sich die Türen gleitend öffnen. Ich schlage den Kragen meines dunkelgrauen knielangen Wollmantels höher, wickle den breiten roten Schal um meinen Hals und ziehe den Gürtel um meine Taille enger.

Bevor ich dick eingemummelt in die Dunkelheit hinaustrete, verstaue ich meine Brille in der Manteltasche und schlüpfe in meine schwarzen Fausthandschuhe. Den kuscheligen Schal ziehe ich mir bis zur Nasenspitze hoch und stoße dann die imposante Eingangstür ins Freie auf. Sofort schlägt mir die wohlbekannte Kältefront entgegen.

Brrr.

Seit zwei Tagen hat das sibirische Winterwetter New York fest im Griff, bisher allerdings ohne Schneefall.

Selbst meine weichen Emu-Boots halten dieser klirrenden Kälte nicht stand, und der Rest meiner Kleidung ist auch eher schick als funktional. Für eine Modeberaterin ist es eben nicht unbedingt angemessen, sich wie ein Eskimo aus Grönland zu kleiden. Meine Chefin würde mich zur Strafe für einen solch modischen Fauxpas ein Praktikum bei *Anna Wintour* von der *Vogue* machen lassen und es mir echt übel nehmen, weil ich damit gegen ihre Unternehmensphilosophie verstoße. *Die Qualifikation jedes Einzelnen liegt im Auftreten.* Völliger Unsinn. Aber soll ich da widersprechen? Ich werde mich schwer hüten.

Bevor ich weiter über meine kratzbürstige Chefin nachdenken kann, werde ich von dem Fußgängerstrom verschluckt und eile an den festlich geschmückten Häuserfassaden, den liebevoll dekorierten Schaufenstern und der glitzernden Straßenbeleuchtung vorbei.

Manhattan zur Weihnachtszeit ist magisch, leider jedoch gleichzeitig von Touristen maßlos überfüllt. Momentan weiß ich nicht, was schlimmer ist: Die übertrieben weihnachtliche Stimmung ertragen zu müssen oder nicht zu wissen, wie ich bei all den Menschen den Abgang zur U-Bahn-Station erreichen soll.

Im letzten Moment entdecke ich das Schild und schlängle mich durch das Gedränge. Mein Puls rast, als ich mich mit der Menge die Treppe hinunterschiebe, um den Bahnsteig zu erreichen.

Mein Handy vibriert in meiner Manteltasche. Doch statt den Anruf anzunehmen, verfolge ich meinen Plan, unbedingt die nächste Bahn zur Upper East Side zu erwischen, um pünktlich bei meinem nächsten Kunden zu sein.

Was sich als Wunschdenken entpuppt. Denn wie es scheint, haben alle hier dasselbe Ziel wie ich: vom südlichsten Teil der Stadt in Richtung Norden zu fahren. Kein Wunder. Vor allem jetzt in der Rushhour auf ein anderes Verkehrsmittel umzusteigen, wäre schließlich, als wolle man auf den Straßen Manhattans Wurzeln schlagen.

Während es im Schneckentempo in den stickigen Untergrund geht, ziehe ich meine Handschuhe aus und lockere meinen Schal. Die Luft hier ist unerträglich feucht, und auf meiner Haut bildet sich unter den ganzen Stoffschichten bereits ein feiner Schweißfilm. Sobald ich zurück an die Erdoberfläche gelange, sehe ich vermutlich aus wie nach einem Gang ins finnische Dampfbad. *Argh.*

Mist, wenn man dann ausgerechnet noch einen wichtigen Kundentermin vor der Brust hat und nicht auf dem direkten Weg nach Hause ist.

Aber warum sollte es auch anders sein? In letzter Zeit fühlt sich jeder Tag wie eine Wundertüte an. Nur dass diese leider mehr negative als positive Überraschungen beinhaltet. Von Routine und Harmonie bin ich weit entfernt. On top fehlt nur noch ein bitterböser Blizzard, der die Stadt lahmlegt, sie ins Vollchaos stürzt und den Traum von gemütlichen weißen Weihnachten auf ganzer Linie zunichtemacht. Und wenn man die extrem kalten Luftströmungen, die übers Land ziehen, richtig deutet, sprechen tatsächlich alle Anzeichen dafür, dass uns ungemütliche und turbulente Feiertage bevorstehen.

Das wäre mein erster Schneesturm und gleichzeitig mein größter Albtraum. Beim Gedanken daran, dann auch noch allein zu sein, wird mir ganz anders.

Leider würde dadurch auch das alljährliche Weihnachtsessen an der *St. Patricks Cathedral* ausfallen, das dort an die Obdachlosen verteilt wird. Felicity ist schon ganz besorgt. Ich ebenso. Denn seitdem ich an dem Hilfsprojekt ‚Sternenglück' teilnehme und die Teller der Bedürftigen regelmäßig mit einer warmen Mahlzeit befülle, spüre ich innere Zufriedenheit, den Menschen, die noch weniger haben als ich, zu helfen.

Als sich die U-Bahn quietschend und mit einem tosenden Luftsog, der mein braunes Haar verwirbelt, der Haltestelle nähert, werde ich von hinten durch die anderen Passagiere zum Bahnsteig geschoben. Wenn man nicht auf Nähe und alle möglichen Körpergerüche steht, sollte man die Subway stets meiden. Es ist wahrhaft ein Erlebnis.

Zischend springen die Türen auf und geben mit dem parallel erklingenden Haltesignal den Startschuss zum Einsteigen. Sofort nimmt die Enge noch einmal an Stärke zu, als die aussteigenden Gäste die U-Bahn verlassen und hinter mir hektisches Gedränge und Stimmengewirr ausbrechen. Viel zu viele Menschen versuchen gleichzeitig, sich in die Waggons zu quetschen. Von allen Seiten wird gedrängelt und gedrückt.

Ich fliehe an die gegenüberliegende Seite des Einstiegs und umklammere meine Tasche, während ich mich mit der anderen Hand am Rohrrahmen der Verstrebungen festhalte. Nur zehn Stationen, dann habe ich mein Ziel erreicht.

Neunmal verfolge ich das Schauspiel des Ein- und Aussteigens, bis ich selbst an der Reihe bin, die allmählich geleerte U-Bahn zu verlassen. Mit einem Satz springen die Türen auf und ich steige an dem verwaisten Bahnsteig gemütlich aus. Es wirkt fast gespenstisch, wie einsam ich hier unten bin.

Langsam gehe ich zur Rolltreppe und ziehe mein Smartphone aus der Tasche, um nachzusehen, wer mich angerufen hat. Um meine Sicht zu schärfen, blicke ich mit zusammengekniffenen Augen aufs Display. Es ist Kimberly, die Maklerin. Schnell drücke ich auf ihre Kontaktdaten, doch der Anruf wird sofort an die Mailbox weitergeleitet. Mist. *Was wollte sie?*

Mit ungutem Gefühl lasse ich das Smartphone zurück in meine Manteltasche gleiten. Oben angekommen schaue ich nach links und rechts, um mich zu orientieren und werde von in den Bäumen tanzenden Lichterketten empfangen.

Die Upper East Side ist gediegen und schick, ganz anders als Brooklyn, der Stadtteil, in dem ich wohne. Gegen die Luxusappartements hier wirkt meine bescheidene Zweizimmerwohnung wie eine Abstellkammer. Trotzdem ist sie gemütlich und schön und ich will sie überhaupt nicht verlassen müssen. Aber ich kleiner Krümel habe wohl nichts zu melden, wenn Großinvestoren über ein Viertel herfallen, um heruntergekommene Immobilien repräsentativ aufzuwerten und sie anschließend für ein Vermögen weiterzuverkaufen. Da ziehe ich in jedem Fall den Kürzeren und kann nur noch meine Siebensachen nehmen und gehen.

Schnell mummle ich mich wieder in meinen Schal ein und streife die Handschuhe über, als mir der raue Wind ins Gesicht bläst. Bibbernd mache ich mich auf den Weg zu meinem letzten Kunden an diesem kräftezehrenden Tag.

Sehnsüchtig wandert mein Blick an den Außenfassaden hoch. Von dort oben muss die Aussicht auf den *Central Park* einzigartig sein. Wenn mich nicht alles täuscht, sagte meine Chefin, dass mein nächster Kunde in einer dieser Luxusherbergen mit grandiosem Ausblick wohnt. Wie wundervoll. Zu jeder Tageszeit kommt er in den Genuss, diesen Komfort zu genießen. Traumhaft. Er ist zu beneiden.

Ob ich wohl von dort oben einen unauffälligen

Blick riskieren kann, um das Funkeln und Glitzern aus einer anderen Perspektive zu sehen? Der Rundumblick würde mich sicherlich für die Strapazen des Tages entschädigen und wäre nach den letzten Wochen ein echter Lichtblick. Und den habe ich mehr als nötig. Schließlich ist in zwei Tagen der Weihnachtsmorgen. Wer will an so einem Tag schon Trübsal blasen? Ich nicht. Es reicht ja schon, dass ich allein mit einer Flasche Rotwein und meinem selbst eingepackten Geschenk vor dem künstlichen Tannenbaum sitzen muss. Dieser Abend heute muss der Wendepunkt in meinem zerbröselten Leben sein.

Nicolás

»Nein!«, herrsche ich meinen Gesprächspartner am anderen Ende der Leitung an. »Wenn Sie damit jetzt an die Presse gehen, verlieren Sie Geld. Die Interessenten springen ab und suchen sich ein lukrativeres Unternehmen.« Warum beauftragt man mich überhaupt, wenn man einen Alleingang plant? Ich könnte ausrasten angesichts dieser Inkompetenz.

Aufgebracht lasse ich die Wohnungstür meines Penthouse ins Schloss krachen und knipse mit dem Ellenbogen das Licht an, während ich mir mit der einen Hand das Smartphone ans Ohr presse und mit der anderen versuche, meine Krawatte zu lockern.

Verdammt. Warum will sich dieses verflixte Teil nicht lösen lassen?

Ungeduldig nestle ich an dem Knoten des grauweiß karierten Stoffstückes und verdrehe die Augen, als ein Signalton eingeht, der einen weiteren Anrufer in der Leitung ankündigt und mir der CEO des Börsenunternehmens gleichzeitig den nächsten Schwachsinn unterbreitet. »Warum wollen Sie denn noch Anteile behalten, wenn Sie verkaufen wollen?« Ich fasse es nicht. »Davon war nie die Rede!«, zische ich ungehalten zwischen den Zähnen hervor. Unkontrolliert schnellt mein Puls in die Höhe und ich balle eine Hand zur Faust.

Es ist eine Katastrophe, wenn Kunden erst kurz vor dem Abschluss eines Deals mit ganz neuen Informationen um die Ecke kommen. Und dieser hier löst gerade eine tickende Zeitbombe aus. Verflucht!

»Ob die Entscheidung richtig ist?« Will er mich testen? Für wen hält er mich? Aufgebracht fahre ich mir mit den Fingern durch mein braunes Haar und sofort springen die leichten Wellen zurück in meine Stirn. »Nein. Natürlich nicht. Sie sind auf dem besten Weg, alles zu zerstören. Ihr Unternehmen und in jedem Fall den DEAL.« Mein dominanter Unterton lässt keinen Zweifel daran, dass ich angefressen bin. Richtig angefressen.

Es ist mir scheißegal, ob er mich für ungehobelt hält. Denn ich weiß, was ich kann. Nicht ohne Grund gehöre ich zu den zehn besten Investmentbankern der Stadt. Ganz sicher werde ich mich nicht an der Nase herumführen lassen und damit mein

Ansehen verlieren, nur weil er plötzlich meint, schlauer zu sein als ich. Deshalb sind meine letzten Worte an ihn eine gut überlegte Warnung. »Hören Sie!« Meine laute Stimme hallt in dem übergroßen Raum wider, als ich über den dunklen Parkettboden ins Wohnzimmer mit der offenen Küche laufe und die integrierte gedämpfte Beleuchtung einschalte. »Mein Ziel ist es, den größtmöglichen Gewinn zu erzielen, damit Sie Ihren Kindern weiterhin das Studium und Ihrer Frau das süße Leben finanzieren können. Und wenn es gut läuft, behalten Sie Ihr Anwesen auf den Bahamas.« Ich liebe es, die feinen Pfeilspitzen einzusetzen, indem ich ihm sein Privatleben unter die Nase reibe und meine Stimme dabei vor Arroganz und Sarkasmus trieft.

Nachdem ich ihm meinen ausgeklügelten Schachzug unterbreitet habe, positioniere ich mich siegessicher aufrecht mit einer Hand in der Hosentasche und hüftbreit aufgestellten Beinen vor dem großen Panoramafenster. Doch beim nächsten Atemzug tigere ich wieder durch den Raum, so wie ich es immer tue, wenn höchste Konzentration gefordert ist. An diesem Tag sogar noch mehr als an anderen.

»Wenn Sie allerdings auf meine beratende Funktion nicht mehr angewiesen sind, weil Ihre Anwälte schlauer sind als ich, dann bin ich raus. Überlegen

Sie es sich und rufen Sie mich morgen wieder an.« Knurrend beende ich das Gespräch und bin kurz davor, mein Smartphone in der Hand zu zerquetschen. Meine Knöchel malen sich schon weiß unter der Haut ab.

»Verdammt!«, brülle ich und knalle das Telefon auf die moderne Kücheninsel aus schwarzem Naturstein.

Genervt schließe ich die Augen, stütze mich auf der kalten Arbeitsplatte ab und schüttle ungläubig den Kopf. Was für ein verdammter Scheißtag.

Mürrisch stoße ich mich von der Arbeitsfläche ab und steuere den Beistelltisch an, auf dem eine Flasche des guten alten *Single-Malt-Whiskys* steht.

Tage wie dieser können mir gestohlen bleiben. Ich bin ein Siegertyp, und die Fahrkarte für den Gewinnerzug lasse ich mir nicht entreißen. Von niemandem.

Bevor ich endlich zum gemütlichen Teil übergehen kann, um diesen Tag herunterzuspülen, ziehe ich mein dunkelblaues Sakko aus, löse den störrischen Knoten der Krawatte und öffne die obersten beiden Knöpfe meines Hemdkragens. Alles fliegt achtlos über die Lehne der dunkelgrauen Couch, ehe ich das schwere Kristallglas drei Fingerbreit befülle.

Nachdenklich schwenke ich den Tumbler in der Hand, schließe die Augen und nehme einen tiefen

Atemzug. Der unnachahmliche Duft der würzig goldbraunen Flüssigkeit steigt mir in die Nase. Erst dann nippe ich genüsslich daran. Ein Ritual. Eine Eigenart, die sehr gut zu mir passt. Ich genieße das, was teuer ist, bewusst, weil ich weiß, wie viel harte Arbeit dahintersteckt.

Der intensive Geschmack rinnt meine Kehle hinunter, betäubt und wärmt mein Innerstes.

Langsam schlendere ich zur Couch, nehme Platz und lege meinen Kopf in den Nacken, während ich das Glas in der Hand halte und auf meinem Oberschenkel abstelle.

Was habe ich heute bloß verkehrt gemacht? War es der berühmte falsche Fuß, mit dem ich aufgestanden bin? Oder habe ich sonst irgendetwas verbrochen? Ich wüsste nicht was. Der gewünschte Effekt des Whiskys bleibt aus. Auch beim dritten Schluck ist mein Ärger noch nicht verraucht.

Als ich heute Morgen im Büro eintraf, ging das Chaos los. Meine Haushälterin teilte mir mit, dass sie nicht mehr kommt. Ein voller Kaffeebecher kippte daraufhin um und durchweichte wichtige Dokumente. Die SBH-Agentur verklagt mich, weil ich angeblich Wirtschaftsspionage betreibe. Spionieren wir nicht alle? Es ist mein Job, Unternehmen zu durchleuchten, um heimliche Übernahmen zu planen. Meine Ex-Freundin will, dass ich Unterhalt für ihren Hund bezahle, den sie unbedingt haben wollte, als wir noch zusammen waren. Ich habe ihn ihr geschenkt, weil sie mir mit ihrer ewigen Quengelei, mich nicht so oft zu Gesicht zu bekommen, auf die Nerven fiel. Ist das nicht genug Entgegenkommen? Ihr unangekündigter Auftritt kurz vor meiner ersten Telefonkonferenz reaktivierte mein schlummerndes Magengeschwür. Wirkte sie immer schon so gekünstelt? Es war ein fürchterliches Wiedersehen. Zusätzlich unterbreitete meine Assistentin mir, dass sie nach Texas zieht. Wie beschissen kann ein Tag noch sein?

Mit Daumen und Zeigefinger massiere ich meine Stirn, hinter der sich ein mordsmäßiges Pochen ausbreitet. Werde ich krank?

Brummend schiebt sich mein Smartphone über die Arbeitsfläche und kündigt eine Nachricht an. »Fuck, lasst mich verdammt noch mal alle in Ruhe!«

Nie hat es mir etwas ausgemacht, Tag und Nacht zu arbeiten und täglich an meine Grenzen zu stoßen. In meinem Job ist das zweifelsohne notwendig. Ich bin ein Workaholic. Aber verflucht, will mich das Universum heute killen?

»Mein Soll ist erfüllt!«, brülle ich und zucke zusammen, als meine Stimme schmerzhaft durch meinen Kopf halt.

Schnell kippe ich den letzten Schluck Single Malt

herunter, in der Hoffnung, dass mich die Flüssigkeit endlich entspannt und mich von diesem Scheißtag erlöst. Morgen startet ein neuer Tag, der kann nur besser werden. Ich werde mich niemals unterkriegen lassen, denn ich habe immer einen Plan B in der Hinterhand, für den Fall, dass Plan A nicht greift. Mein Siegeswille, gepaart mit meinem starken Selbstvertrauen, wirkt auf andere wie eine mächtige Waffe. Und ich bin stets bereit, sie einzusetzen – wenn es sein muss. Gerade wirke ich zwar eher wie ein zahmer Löwe, der nur noch schnurrt und nicht mehr brüllt, aber das wird niemand erfahren, weil ich in meiner Höhle bin.

Schwer atmend sinke ich zurück in die dicke Polsterung des Sofas und lasse meinen Blick über die blinkenden Lichter der Stadt schweifen.

In zwei Tagen ist Weihnachten und mal wieder ist ein Jahr fast vorbei. Wenn Rosita, meine Ex-Haushälterin, nicht alles organisiert hätte, sähe meine Wohnung karg aus und die dunklen Möbel vor den weißen Wänden würden dominieren. Von weihnachtlicher Dekoration würde jegliche Spur fehlen. Was auch nicht schlimm wäre. Weihnachten ist seit Jahren nur noch ein Termin in meinem Kalender, der mich daran erinnert, dass alle Vertragsverhandlungen ruhen. Für mich bedeutet das: Stillstand. Stillstand, den ich überhaupt nicht gebrauchen kann, denn durch die zwanghafte Harmonie an diesen Tagen wurde schon so mancher aussichtsreiche Deal gecancelt.

Gerade stelle ich mir nur die Frage, wer den ganzen Dekokram wieder wegräumt, wenn der Weihnachtszauber verflogen ist. *Ich?*

Kaum hat sich dieser Gedanke in meinen Kopf geschlichen, beginnt mein Telefon zu klingeln. Unglaublich. Sollte ich es ausschalten?

Stöhnend rapple ich mich auf und will das Glas auf dem schmalen Beistelltisch gegenüber der Couch abstellen, als es an der Tür läutet.

Herrgott. Das Universum schreckt heute vor nichts zurück.

Ariana

Schwarze Limousinen halten am Straßenrand. Leute steigen ein und aus. Hier lässt man sich fahren, anstatt sich in die überfüllte U-Bahn zu quetschen. *Welch ein Luxus.*

Mein Leben ist nicht schlecht. Zumindest dachte ich das, bis mir mein Freund seine Untreue offenbarte. Die Glückseligkeit hat starke Risse bekommen, als er den fröhlich in meinem Bauch umherschwebenden Schmetterlingen die Flügel stutzte. *Scheißkerl.*

Manchmal wünschte ich, ich könnte in Aschenputtels Rolle schlüpfen und mein Traumprinz würde mir die Welt zu Füßen legen. Wahre Hingabe existiert wohl nur in Märchen und niemals im echten Leben. Aber man wird doch wenigstens träumen dürfen, dass es diesen einen Seelenverwandten irgendwo da draußen gibt. Selbst für mich.

Wenn auch nicht in diesem Leben. Es ist aussichtslos.

Augenrollend wechsle ich die Straßenseite, weil ich mich schon wieder von dieser Geschichte runterziehen lasse, mit der ich gedanklich längst abgeschlossen hatte. Warum ich ausgerechnet jetzt wieder an meinen Ex denken muss, ist mir schleierhaft. Er hat diese ganze Aufmerksamkeit nicht im Geringsten verdient. Schon gar nicht, nachdem er unseren gemeinsamen Wagen zu Schrott gefahren hat, für den ich immer noch den Kredit abzahle. Die Versicherung übernahm keinen Penny, weil ich in meiner Verliebtheit so naiv war und alle Verträge unterschrieben hatte.

Im Nachhinein ist man immer schlauer. Ein weiser Spruch, der sich bewahrheitete, als ich auf unschöne Weise die Quittung dafür bekam, diesem Liebesschwindler blind vertraut zu haben.

Etwas atemlos von dem schnellen Fußmarsch erreiche ich den Appartementkomplex meines neuen Kunden. *Sehr nobel,* ist mein erster Gedanke, als ich vor dem Gebäude stoppe und meinen Kopf weit genug in den Nacken lege, um dessen beeindruckende Höhe zu bewundern. Wenn der Kunde die oberste Etage besitzt, kann der Ausblick nur einzigartig – und wenn es regnet, stürmt oder schneit bestimmt sehr romantisch – sein. Ob er von seinem

Bett aus den Sternenhimmel sehen kann? Sein Badezimmer ist vermutlich so geräumig, dass darin problemlos eine Badewanne Platz findet. *Mmh.* Ich war schon Ewigkeiten nicht mehr baden.

Da stehe ich und gerate ins Schwärmen, dabei ist es nur ein simpler Kundentermin, der mit zwei oder drei Besuchen abgehandelt sein wird – so wie immer.

Dennoch verschlägt mir das Haus den Atem, weil es mit seiner alten weißen Stuckfassade, den aufwändigen Modernisierungen und dem weihnachtlich dekorierten Eingangsbereich traumhaft aussieht. Ein Hochhaus als modernes Märchenschloss.

Als ich mich über diese Assoziation schmunzelnd dem Eingang nähere, wird die Tür von innen von einem uniformierten Mann aufgestoßen, der mich zur Begrüßung freundlich anblickt.

Ich lockere den Schal um meinen Hals, ziehe die Handschuhe aus und krame in der Manteltasche nach meiner Brille. Doch als ich sie auf die Nase setze, beschlägt sie und nimmt mir die Sicht. Sofort schiebe ich sie ein paar Zentimeter herunter und schaue den Portier über den roten Rahmen schulterzuckend an. »Ich habe einen Termin mit Nicolás Navarro. Auf welcher Etage befindet sich seine Wohnung?«, frage ich und erwidere sein zuvorkommendes Lächeln.

Er macht eine ausladende Handbewegung und

sagt: »Sie müssen mit dem Fahrstuhl in die oberste Etage fahren, Nicolás bewohnt das Penthouse. Ich melde Sie an.«

Dankend begebe ich mich zu den eisernen Türen, die sich wie auf Kommando öffnen, als ich den Aufzug rufe. Ich betrete die Kabine und bin froh, dass ich nach der chaotischen Anreise quer durch Manhattan endlich an meinem Ziel angekommen bin. Zum Glück sogar überpünktlich. Gut, mein äußeres Erscheinungsbild wird massiv derangiert sein, weshalb ich mir blind mit den Fingern durch mein langes Haar fahre und die Brille mit dem Schal etwas säubere, um sie mir endlich wieder richtig auf die Nase zu schieben. *Ah ..., klare Sicht,* denke ich, während sich die Stockwerkanzeige rasend erhöht.

Keine Minute später komme ich in einem hellen Hausflur mit dunklem Fliesenboden und einem überdimensionierten Wandbild an, von dem eine einzelne weiße Eingangstür abgeht. Damit wirkt der Vorraum des Penthouse steril und *sehr exklusiv.*

Als ich mich der Wohnungstür nähere, streiche ich noch einmal über meinen flauschigen Wollmantel und klemme mir eine verirrte Strähne hinters Ohr, ehe ich den Klingelknopf betätige und gespannt darauf warte, dass mir jemand öffnet.

Gefühlt dauert es ewig, bis die Tür aufgeht und

mein Herzschlag sich beschleunigt, als mein nächster Kunde im Türrahmen erscheint.

Wow. Ich dachte, gut aussehende Prinzen gibt es nur im Märchen. Wozu braucht er eine Modeberatung? Er sieht in seiner Anzughose und dem halb geöffneten Hemd schon zum Anbeten aus.

Unfähig, etwas zu sagen und mich von der Stelle zu rühren, starre ich ihn an. Mir wird heiß, sogar an Körperstellen, die ich längst für abgestorben gehalten habe. Mein Unterleib zieht sich sehnsüchtig zusammen und sengende Hitze breitet sich von dort in meinem gesamten Körper aus. Unglaublich. Ausgerechnet jetzt, nach all dem Drama mit meinem Ex-Freund kochen meine Hormone unkontrollierbar über, obwohl ich mir geschworen hatte, in nächster Zeit die Finger von attraktiven Männern zu lassen.

Er ist hübsch. Kantige Wangenknochen, leichter Bartschatten und verboten blaue Augen, die sich ebenso an meinem Gesicht festheften, wie meine es bei ihm tun, bis das laute Klingeln eines Telefons aus dem Inneren der Wohnung ertönt und unser heißes Blickduell unterbricht.

O mein Gott, Ariana. War das deine Rettung, damit du dich nicht blamierst? Oder ist es dafür schon zu spät? Er hat aber auch gestarrt.

Kurz verspannen sich seine Gesichtszüge, als er den Kopf zur Seite dreht und seine Hand zur Faust ballt. Wie es scheint, habe ich einen schlechten Tag erwischt. Warum hat er dann einen Termin vereinbart?

Er räuspert sich und sieht mich fragend an. »Kann ich Ihnen irgendwie helfen? Haben Sie sich in der Etage geirrt?«

Hä? Was hat das jetzt zu bedeuten? Ist er Komiker?

»Äh, nein!«, sage ich und reiche ihm zur Begrüßung meine Hand. »Ich bin Ariana Gutiérrez, Ihre Personalshopperin. Wir haben einen Termin.«

Seine schmalen Augenbrauen ziehen sich nach oben, als er auf meine manikürten Finger starrt und ich mir etwas fehl am Platz vorkomme, weil er sie nicht entgegennimmt.

»Ist es gerade unpassend?«, frage ich unsicher, ziehe meine Hand zurück und mustere ihn skeptisch. Sein Hemd wirkt leicht zerknittert und seine Haare stehen ihm vom Kopf ab, als ob er mehrmals mit den Fingern hindurchgefahren ist. Dennoch wirkt er unfassbar sexy in diesem Aufzug. »Soll ich vielleicht an einem anderen Tag wiederkommen?« Obwohl meine Frage nicht ernst gemeint ist, stelle ich sie ihm aus Höflichkeit trotzdem. Janice, meine Chefin, würde mich umbringen, wenn der Termin platzt und wir den Auftrag nicht bekommen.

»Nein«, sagt er und seine Gesichtszüge wirken

weniger hart als noch vor wenigen Sekunden. »Entschuldigen Sie, Ms. Gutiérrez. Der Termin mit Ihnen ist mir durchgegangen. Kommen Sie bitte rein!«, fordert er mich auf, während er die Tür freigibt, mich eintreten lässt und ich ihm lächelnd mit einem Kopfnicken andeute, dass ich seine Entschuldigung annehme.

Gut. Offensichtlich ist ihm doch noch die Erleuchtung gekommen, dass wir verabredet sind. Und sein Benehmen hat er ebenso wenig vergessen, denn er streckt mir seine Hand entgegen.

Als ich sie ergreife, bin ich ihm plötzlich sehr nah. *Huch.* Sofort beginnt meine Haut zu kribbeln. Sein Händedruck fühlt sich warm und stark an, und er duftet nach Sünde. Männlich herb mit einer feinen Süße, die mich hypnotisiert. Und da ist noch etwas: Sein Atem riecht abenteuerlich – nach schwerem Whisky. Warum mich ausgerechnet das so anmacht, kann ich überhaupt nicht verstehen. Vielleicht ist es die Kombination aus aromatischem Whisky, feiner Anzughose, zerknautschtem Hemd, herbem Duft und dieser sexy Sahneschnitte mit den breiten, athletischen Schultern, die etwas so Mächtiges an sich hat, dass ich gerade dermaßen darauf anspringe. Kein Vergleich zu dem, was der Loser, für den ich zwei Jahre lang die Wäsche waschen durfte, in mir auslöste.

Wo bin ich nur gelandet?

»Möchten Sie Ihre Jacke nicht ausziehen?«

Ausziehen? Ob er wohl wie ich spanische Wurzeln hat? Das Feuer, das er ausstrahlt, kommt einem Torero gleich.

Völlig zerstreut und in Gedanken entweicht mir als Reaktion auf seine Frage lediglich ein leises ‚Hm'. Als ich bemerke, dass ich seine Hand immer noch umklammere und ihn ungeniert mustere, lasse ich sie sofort los und weiche ein Stück zurück.

Gott, wie peinlich.

»Ich habe gefragt, ob Sie Ihre Jacke ausziehen möchten?«

Ich nicke und blende seinen intensiven Blick, bei dem mir echt anders wird, aus. Als ich mich umdrehe, um meinen Mantel zu öffnen und den Schal zu entwirren, fühlt es sich an, als ob sich seine Augen in meinen Rücken bohren.

Gentlemanlike nimmt er mir beides ab, was ich ebenso mit einem Nicken quittiere wie seine Frage. Neugierig spähe ich vom Eingangsbereich in den angrenzenden offenen Wohnraum. *Wow.* Todschick.

Modern weiße Wände, maskulin dunkle Möbel und klare Linien. Kein Schnickschnack, dafür Luxus pur. Hinter dem großen Flachbildschirm ist die Wand mit grauen Backsteinen versehen. Die schwarze Hochglanzküche mit einem großen Esstisch aus massivem dunklen Holz und ausreichend Sitzmöglichkeiten für zehn Personen schließt nahtlos an den großzügigen Wohnbereich mit Kamin an. Die einzigen Farbkleckse in diesem riesigen Raum sind die silberne Obstschale mit grün-roten Äpfeln, die dezente Weihnachtsdekoration und ich. Das Penthouse muss ein Vermögen wert sein.

Natürlich habe ich schon viele exklusive Wohnungen gesehen, aber diese übertrifft alles und sieht unglaublich schön aus. Sie gefällt mir ausgesprochen gut.

Wie auf Autopilot geschaltet trete ich unaufgefordert in Richtung Wohnzimmer und erkunde die Wohnung, weil mich die riesige bodentiefe Fensterfront, die sich aus der Distanz vor meinen Augen präsentiert, wie magnetisch anzieht. *Himmel.*

Ohne Scheu laufe ich wortlos weiter, bis ich an der großen Fensterscheibe angekommen bin. Ich bin so fasziniert, dass ich kurz befürchte, mein Mund könnte sperrangelweit offen stehen. Doch meine roten Lippen sind geschlossen, während ich gebannt das Glitzern der bunten Lichter der Stadt verfolge. Meine Augen hingegen schimmern verräterisch vor Freude. Niemals würde ich vor einem Fremden in Tränen ausbrechen, aber der wunderschöne Ausblick rührt mich sehr.

Der Moment fühlt sich seltsam an, fast magisch. Ich weiß selbst nicht, wie ich meinen merkwürdigen

Zustand erklären soll, hätte jedoch nichts dagegen einzuwenden, wenn dieser Kundentermin ein paar Stunden andauert und ich währenddessen weiter diese unglaubliche Aussicht genießen kann.

»Sind Sie hierhergekommen, um mich zu beraten oder meine Wohnung unter die Lupe zu nehmen?«

O Gott. Auch wenn ich gerade ungefragt in sein Reich spaziert bin, möchte ich ihm für seine freche Frage fast einen saftigen Kommentar um die Ohren pfeffern. Aber als ich bemerke, wie sein Blick an meinem Körper entlangwandert, vergesse ich, was ich sagen wollte, und wir sehen uns abermals schweigend an.

Meine Güte. Beherrschen wir Telepathie?

Wie ein Raubtier kommt er näher. »Haben Sie meine Frage nicht verstanden?«, fragt er für meinen Geschmack viel zu forsch und zerstört die schöne Blase, die uns kurzzeitig umgeben hat.

»Entschuldigung«, murmle ich verlegen, schiebe meine Brille etwas höher, ziehe den Reißverschluss der Tablet-Tasche auf und hole meine Utensilien heraus.

»Darf ich mich setzen?« Ich warte seine Antwort erst gar nicht ab, sondern nehme auf der Couch Platz.

»Gern.« Schmunzelnd reibt er sich übers Kinn.

»Sie halten nicht viel von dem Frage-Antwort-Spiel, kann das sein?«

Will er mich aufziehen? »Doch, eigentlich schon«, widerspreche ich und forme meine Augen zu Schlitzen. »Aber ... Ihre Wohnung ist traumhaft, und ich musste unbedingt einen Blick aus dem Fenster werfen, wenn mir schon mal die Möglichkeit geboten wird. Schließlich hatte ich einen extrem beschissenen Tag und ... Entschuldigen Sie, das geht zu weit«, sage ich und stoppe meinen Redeschwall.

»Nur zu«, fordert er mich mit einem Schulterzucken auf und streicht sich durchs Haar, wodurch er es vollends durcheinanderbringt. Nun sieht er aus, als ob er frisch aus dem Bett gestiegen ist, was die Sache noch schlimmer macht. Er ist wahnsinnig sexy. »Danach kann ich Ihnen sagen, wie beschissen mein Tag war. Mal sehen, wer den ersten Preis gewinnt«, ergänzt er mit einem umwerfenden Lächeln, bei dem garantiert massenweise Höschen feucht werden.

Ich schlucke aufgeregt, weil mein Herz plötzlich wie wild klopft und ich keine Ahnung habe, was ich von diesem Termin halten soll. In mir drin machen sich die tot geglaubten Schmetterlinge bemerkbar und stupsen von innen gegen meine Bauchdecke.

»Möchten Sie etwas trinken?«

»Ein Wasser wäre toll«, antworte ich hastig, womit ich ihm ein schräges Grinsen entlocke.

Als er mit meinem Wasserglas und seinem zu einem Drittel gefüllten Whiskyglas zurück zur Couch kommt, blicke ich von meinem Tablet hoch. Während er das Glas vor mir auf dem Tisch abstellt und gegenüber von mir Platz nimmt, möchte ich mir zu meinem Instinkt gratulieren. Ich wusste doch, dass er nach Whisky riecht.

»Auf den skurrilsten Abend aller Zeiten«, meint er und hält sein Glas hoch.

»Warum?« Verwundert schaue ich ihn an. »Was ist an diesem Abend so besonders?« Ich bin verwirrt.

Lässig zuckt er mit der Schulter, nippt von seinem Drink und sieht mich über den Rand des Glases an. »Weil heute alles schief ging und unser Termin daher unter keinem guten Stern steht.«

»Soll ich vielleicht doch an einem anderen Tag wiederkommen?«, erkundige ich mich, obwohl ich die Frage eigentlich für ihn mit ‚Nein' beantworten will, weil ich in seiner Nähe irgendwie aufblühe. Vielleicht hat er bezüglich der Skurrilität recht.

»Nein. Sie bleiben jetzt, wo Sie sind. Schießen Sie los!«, fordert er mich bestimmend auf und sein rauer, fordernder Ton lässt eine angenehme Gänsehaut über meinen Körper rieseln. Er mustert mich eindringlich, und da ist dieses wissende Funkeln in seinen Augen, so als wäre ihm meine Reaktion auf ihn keineswegs entgangen.

Vielleicht sollte ich doch besser gehen. Denn das Knistern zwischen uns ist eindeutig nicht zu leugnen, und wir müssen wirklich vorsichtig sein, dass wir mit den Funken nicht den Kamin entzünden.

Gerade als ich einen Schluck von meinem Wasser trinken will, beginnt mein Handy auf dem Tisch zu vibrieren und ich sehe, dass es die Maklerin ist, die anruft. Tatsächlich ist meine Verabredung durch die Begegnung mit Nicolás Navarro ganz in den Hintergrund gerückt. »Entschuldigung, da muss ich rangehen«, sage ich und nehme das Gespräch an.

Nachdem das Wort ‚absagen' im zweiten Satz zu mir durchdringt, fühlt sich mein Kopf plötzlich an wie in Watte getaucht. Was hat sie gesagt? Sie muss den Termin absagen, weil die Wohnung vergeben ist. Schmerzhaft schlägt mein Herz gegen meinen Brustkorb und das Loch, das mich zu verschlucken droht, wird um mich herum immer größer. »Das kann nicht sein ... Sie können doch nicht ... Wo soll ich denn jetzt hin?« Niedergeschlagen beginnen meine Gedanken zu kreisen, als mich die Maklerin mit einem knappen ‚Auf Wiederhören' abfertigt und mich mit meiner Angst allein lässt. Auch wenn ich mir geschworen habe, niemals vor einem Fremden in Tränen auszubrechen, ist dieser Vorsatz gerade zum Scheitern verurteilt.

Nicolás

Oh, verdammt. Ihre Schultern beben, als sie sich schluchzend ihre Handflächen auf die Augen presst, ehe sie das auffällige Brillengestell neben sich auf die Couch gleiten lässt. Vielleicht sollte ich schnell noch ein Lotterielos kaufen gehen. Ich wusste doch, dass dieser Abend außergewöhnlich werden würde, und offensichtlich zeigt der Whisky erste Wirkung, denn das, was ich als Nächstes tue, kann definitiv nur am Alkohol liegen.

Wie ferngesteuert stehe ich auf, umrunde den Tisch, nehme neben der heißen braunhaarigen Schönheit Platz und ziehe sie an meine Brust.

Ihre schmalen Finger krallen sich sofort in meinem Hemd fest. Sanft streiche ich ihr über das seidige lange Haar, während sie Träne um Träne vergießt.

Gott, was stellt sie nur mit mir an? Ich bewege mich viel zu weit aus meiner Komfortzone heraus. Kein Wunder. Sie ist wahrhaftig ein Hingucker. Ein Männermagnet. Ein Vamp. Weibliche Kurven und wunderschöne schokoladenbraune Augen. Vielleicht liegt es doch nicht nur am Alkohol, dass ich hier sitze und sie wie selbstverständlich tröste. Sie hat auf unerklärliche Weise mein Interesse geweckt und bringt eine ganz neue Seite an mir zum Vorschein: den Beschützerinstinkt. Wo kommt der bloß plötzlich her?

Normalerweise fühle ich mich von klammernden Frauen eingeengt und gestresst. Mein Job lässt es nicht zu, mich vollkommen auf eine andere Person zu konzentrieren. Man könnte sagen, ich bin mit meiner Arbeit verheiratet und meine Karriere ist meine Partnerin. Verdammt, hört sich das armselig an.

Schniefend schmiegt sie ihre Wange an meinen Brustkorb, und ich versuche verzweifelt, aufmunternde Worte zu finden. Darin bin ich wahrlich nicht gut. Und Erfahrung habe ich damit schon mal gar nicht.

Außerdem stecke ich wirklich in der Klemme. Denn ihr glänzendes Haar duftet verführerisch nach Vanille, und sie streicht mit ihren Fingern immer wieder über meine Brust. Natürlich unabsichtlich, wie ich annehme. Trotzdem bin ich wahnsinnig erregt und muss mich schleunigst aus meiner misslichen Lage befreien.

Doch irgendwie scheint sich mein Verstand stattdessen vollends zu verabschieden. Und anstatt mich von ihr zu lösen, ziehe ich sie näher. Wenn sie nun genau hinhört, bleibt ihr mein laut und deutlich klopfendes Herz sicher nicht verborgen.

Der Abend ist nicht nur skurril. Er droht auch in einer riesengroßen Dummheit zu enden, wenn ich mich nicht langsam zusammenreiße und zulasse, dass meine untere Körperregion mein Handeln bestimmt.

Wenige Minuten später löst sich mein Problem von allein. Mit gesenktem Kopf rückt sie von mir ab. Sie fährt sich mit den Fingern über die Augen und verwischt dabei ihr Make-up.

»Es tut mir leid«, nuschelt sie. »Normalerweise lasse ich mich nicht dermaßen gehen. Das ist unprofessionell, und wenn Sie mich jetzt nach Hause schicken, ist das ganz allein meine Schuld. Ich würde es verstehen.«

Wie bescheuert bin ich eigentlich? Jetzt, wo sie sich von mir entfernt hat, will ich die Nähe zurück und unbedingt wissen, was ihr zugestoßen ist.

Konzentriert presse ich die Fingerkuppen beider Hände gegeneinander. »Ich möchte, dass Sie bleiben. Schließlich hat meine Assistentin den Termin nicht grundlos mit Ihnen vereinbart, ich brauche dringend Ihre Hilfe. Dennoch würde ich gern wissen, warum dieses Telefonat gerade Sie so aus der Fassung gebracht hat«, sage ich, weil es mich unerklärlicherweise ehrlich beschäftigt und aufwühlt. Etwas, das mich gefühlstechnisch vor ein Rätsel stellt. Feingefühl ist für mich ein Fremdwort. Ich bin abgezockt und berechnend. Aber niemals einfühlsam. Bis jetzt.

Seufzend hebt sie den Kopf und sieht mich an. Fast möchte ich grinsen, weil sie mit den schwarz verschmierten Augen im Panda-Look zu komisch aussieht. Hätten wir eine andere Jahreszeit und wären nicht von Weihnachtsglitzer umgeben, wäre sie auf jeder Halloweenparty sicherlich herzlich willkommen. Doch mich darüber zu amüsieren wäre unverschämt. Ebenso unverschämt wie meine Gedanken an wilden leidenschaftlichen Sex, die ihr Anblick in mir auslöst. Danach würde sie gewiss ähnlich derangiert aussehen. Reiß dich zusammen, Nicolás.

»Wollen Sie vielleicht vorher ins Bad gehen und sich etwas frisch machen?«, biete ich ihr an. Meine Stimme klingt ein wenig belegt und ich bemerke erst, nachdem ich meine Frage ausgesprochen habe, wie sich mein letzter Gedankengang damit vermischt.

Sie nickt und greift nach ihrer Tasche. »Ja, sehr gern.« Ich weise ihr den Weg und atme erleichtert auf, als sie die helle Tür zum Gästebad hinter sich schließt.

Puh. Ein paar Minuten ohne ihre Anwesenheit, die den riesigen Raum winzig wirken lässt, kommen mir sehr gelegen. Sie ist eine Wucht. Und sie weiß es noch nicht mal. Ihre natürliche, unverfälschte Art hat etwas enorm Sinnliches an sich. Ich befinde mich in großen Schwierigkeiten. Wenn sie aus dem Bad zurückkommt, wird sie hoffentlich mit ihrer Arbeit beginnen und schnell wieder aus meinem Penthouse verschwinden. Es ist besser so.

Als sie das Wohnzimmer wieder betritt, wirkt sie wie ausgewechselt – zumindest optisch. Wie sie sich wirklich fühlt und welche schreckliche Nachricht sie erhalten hat, weiß ich immer noch nicht.

Sie setzt sich zurück an ihren Platz, und auch ich habe wieder sicheren Abstand genommen.

»Mein kleiner Zusammenbruch ist unentschuldbar, dafür möchte ich noch einmal um Verzeihung bitten. Ich kann Ihnen versichern, dass meine Qualitäten als Ihre persönliche Modeberaterin dadurch nicht in Mitleidenschaft gezogen wurden.«

Ja, Qualitäten hat sie definitiv. Automatisch heftet sich mein Blick auf die figurbetonte weiße Bluse, die mir einen perfekten Ausblick gewährt. Verdammt, jetzt geht das schon wieder los.

Ich räuspere mich und nippe an meinem Wasser,

auf das ich sicherheitshalber umgestiegen bin. Der Alkohol vernebelt mir ansonsten nur noch mehr die Sinne, als sie es bereits tut. »Ich mache Ihnen keinen Vorwurf. Wie gesagt, wir haben offenbar beide einen nervenaufreibenden Tag hinter uns. Habe ich recht?«, frage ich in der Hoffnung, dass sie jetzt endlich mit der Sprache herausrückt, und wundere mich einmal mehr über mich selbst. Ich verspüre Mitgefühl. Wo kommt das plötzlich her?

»Die Vorweihnachtszeit ist der schlimmste Teil des Jahres.« Wem sagt sie das? »Leider gesellt sich bei mir noch ein Haufen Pech dazu. Mir wurde meine Wohnung gekündigt, und die Maklerin, die eine neue Bleibe für mich im Angebot hatte, hat mir gerade eben mitgeteilt, dass die Wohnung vergeben ist.« Betont gleichgültig zuckt sie mit der Schulter. Doch für meinen Geschmack wirkt ihr verspannter Gesichtsausdruck nicht so unbeeindruckt, wie sie vorgibt zu sein. »Ich werde also jetzt eine Alternative suchen müssen.« Sie atmet tief durch und sieht mich neugierig an. »Und welchen schwarzen Peter haben Sie gezogen?«

Obwohl es sich hier eigentlich um ein modisches Beratungsgespräch handelt, das wir bis jetzt komplett ignoriert haben, fühlt es sich mehr wie eine vertraute Verabredung an. Eine, bei der die Aufladung zwischen uns gewaltig knistert.

Ich lehne mich ein Stück nach vorn, lege meine Ellenbogen auf meinen Oberschenkeln ab und kreuze die Finger. »Die Kurzfassung«, beginne ich und erwähne das bewusst, damit ich sie schnell aus meinen vier Wänden herausbekomme. Sie geht mir viel zu sehr unter die Haut und sie weiter hierzuhaben, würde mich noch mehr in Schwierigkeiten bringen. Mein Verstand ist jetzt schon zu kaum mehr in der Lage, als an ihren Lippen zu hängen. »Meine Haushälterin hat gekündigt, deshalb sind Sie auch hier. Meine Assistentin zieht um. Meine Ex-Freundin verklagt mich. Und einer meiner Kunden verhält sich so, als ob er meinen Job ausüben will.«

Lautlos formt sie ein ‚O' mit ihren vollen Lippen und lenkt meinen Blick damit auf ihren verführerischen Mund. Als sie sich beim nächsten Atemzug mit der Zunge darüber leckt, werde ich tatsächlich hart.

Fuck.

Verwundert zieht sie eine ihrer geschwungenen Augenbrauen hoch. »Was habe ich mit Ihrer Haushälterin zu tun? Ich verstehe nicht ganz.« In ihre Stimme mischt sich ein Hauch Panik, was mich amüsiert.

Ich grinse. »Bis ich jemand Neues gefunden habe, benötige ich dringend neue Hemden und was man sonst so braucht. Unterwäsche, Socken und ein bis zwei Sportoutfits.«

»Dazu beauftragen Sie mich?« Sie lehnt sich etwas zurück und kräuselt ihre Stirn. »Können Sie sich darum nicht selbst kümmern? Ich dachte, Sie bräuchten eine komplette Verwandlung.«

Mit dem ausgestreckten Finger zeige ich auf mich und weiß, dass ich nun wieder den Arsch rauskehre, der ich bin. »Sehe ich so aus, als ob ich eine Generalüberholung bräuchte?« Auf die Frage lache ich selbst lauthals los.

Kritisch mustert sie mich. Sie verunsichert mich und mein Lachen verstummt. »Nein. Aber Benehmen«, schleudert sie mir bissig entgegen. Das hat sich noch nie jemand gewagt, erst recht niemand, der für mich arbeitet. Aber was ist an diesem Zusammentreffen schon normal.

»Wie ist Ihre Konfektionsgröße?«, fragt sie, als sie ihren Kopf senkt, die Abdeckung ihres Tablets aufklappt und es damit hell erleuchtet zum Leben erweckt.

»In der Regel *medium.*« Woanders eher *extra large.* Die Stimmung ist gekippt. Ich kann die Spannung spüren. Vielleicht ist es besser so. Ich entschuldige mich nicht für meine ungehobelte Art.

»Okay«, sagt sie und erhebt sich von der Couch. »Ich habe alles, was ich brauche. Ich werde Ihnen etwas zusammenstellen und es Ihnen morgen Mittag vorbeibringen. Sind Sie da?«

»Nein …« Ihre Eile gefällt mir gar nicht.

»Kein Problem«, unterbricht sie mich, während sie ihre Sachen zurück in die Tasche steckt und diese mit beiden Armen überkreuz an ihren Körper presst. »Ich werde die Tüten beim Portier abgeben. Sie können ganz in Ruhe nachsehen, was Sie behalten möchten. Die retournierten Kleidungsstücke werde ich dann nach den Feiertagen abholen lassen.«

Ich fühle mich wie vor den Kopf gestoßen. Zurückweisung bin ich nicht gewohnt. Warum wundere ich mich? Mein überheblicher Kommentar war in diesem Zusammenhang unangebracht. »Und das wars? Wollen Sie gar nicht wissen, welche Hemdfarbe ich bevorzuge?«

Sie schüttelt lächelnd den Kopf, doch ich werde den Gedanken nicht los, dass sie mich aus- anstatt anlacht. »Ich glaube, ich konnte mir ein sehr gutes Bild von den Farben machen, die Sie gern tragen.«

Ich habe ein ungutes Gefühl, was ihre Auswahl der Farben betrifft. Sie hat mich in der Hand. Und an den Eiern, die wirklich schmerzen.

Mit schnellen Schritten flüchtet sie aus dem Wohnzimmer und reißt ihren Mantel von der Garderobe, was den Bügel lautstark gegen das massive Holz schwingen lässt. Unbeeindruckt davon schlüpft sie hinein, wickelt den ihrer Brille farblich angepassten Schal um ihren Hals und verschließt die Jacke, bevor sie ihren Kopf hebt und mich ansieht.

»Wollten wir nicht noch auslosen, wer den beschissensten Tag hatte?« Warum will ich jetzt einen Rückzieher machen, sie besänftigen, um sie aufzuhalten? Fast unsicher stehe ich zwischen meinem Wohnzimmer und der schallgedämmten Wohnungseingangstür und warte auf eine Antwort.

Sie legt den Kopf schräg und kräuselt ihre Lippen. Ich weiß aus Erfahrung, dass das nichts Gutes bedeutet. »Meiner. Ich bin nämlich kurz davor, kein Dach mehr über dem Kopf zu haben, und zu allem Überfluss bin ich dem arrogantesten Typen Manhattans begegnet.«

Kapitel Zwei

ARIANA

In meiner hässlichen roten Rentierhose und einem weißen weiten Shirt suhle ich mich in meinem schwach beleuchteten Schlafzimmer in Selbstmitleid. Neben mir auf dem Bett türmt sich ein Berg aus tausend Taschentüchern, daneben liegt eine leergekratzte *Ben & Jerry's* Eispackung und meine grüne Plüsch-Schildkröte mit dem abgerissenen Fuß aus Kindheitstagen.

In den letzten Stunden habe ich so viel geweint wie noch nie.

Niedergeschlagen wische ich mir über meine vom Weinen brennenden Augen. Ich schnäuze mir undamenhaft die Nase und lasse den nächsten zusammengeknüllten Baumwollball auf den Haufen segeln.

Meine anfängliche Sorge, bald ohne Dach über dem Kopf dazustehen, ist purer Existenzangst gewichen, die mich fix und fertig macht. Immer wieder breche ich in Tränen aus und sehe kein Licht, kein Ende dieses finsteren Tunnels. Der Blick auf meinen Kontostand löst eine weitere Flutwelle an Tränen aus. Wie soll ich das jemals schaffen?

Das möblierte Appartement wäre für mich perfekt gewesen. Ich kann mir eine Neueinrichtung überhaupt nicht leisten. Das Mobiliar, das mir noch geblieben ist, gehört zur Wohnung und der Zustand ist sowieso nicht der beste.

Die grüne Stoffcouch hat Risse, das Holzbett knarzt, sobald man sich umdreht und der eingebaute Kleiderschrank quietscht, wenn man die Tür öffnet. Außerdem muss man auf der Hut sein, dass die Scharniere nicht aus Altersgründen nachgeben. Dennoch ist mir die Wohnung irgendwie ans Herz gewachsen, und gemütlich ist sie auch, zumindest wenn nicht gerade mal wieder die Heizungsanlage defekt ist. Mittlerweile glaube ich aber, dass sie extra manipuliert wurde, damit alle Bewohner von allein verschwinden und man sich den Aufwand einer Kündigung hätte sparen können.

Der eisige Wind weht heulend an der Hausfassade entlang, rüttelt an den alten, nicht mehr richtig dichten Holzfenstern und kriecht durch die undichten Stellen im Rahmen in meine Wohnung. Die Bausubstanz hat in den vergangenen Jahren schwer gelitten und renoviert oder gar modernisiert wurde aus den bekannten Gründen auch nicht.

Erschöpft lasse ich meinen Kopf nach hinten ins Kissen fallen. Es ist zum Verzweifeln. Meine Aussichten auf einen glücklichen Jahreswechsel und einen entspannten, optimistischen Start ins neue Jahr sinken ins Bodenlose.

Es ist nicht zu fassen, wie sehr sich mein Leben nach der Trennung zum Nachteil verändert hat. Andere blühen regelrecht auf, genießen ihr Single-Dasein, und ich verwelke kümmerlich wie die letzte Rose am Blumenstand.

Aus dem Plan, die Wohnungsannoncen zu durchstöbern, wurde natürlich nichts. Frustriert fuhr ich nach dem Termin mit Nicolás Navarro aka Mr. Überheblich mit der U-Bahn nach Hause, aß die fettige Pasta vom Vortag auf, betrachtete dabei den jämmerlichen Plastiktannenbaum mit den weißen Nadeln und brach wie ein instabiles Kartenhaus zusammen. Dabei dachte ich wirklich, dass der Wohnungswechsel eine Chance sei, sich dadurch ein neues Kapitel in meinem Leben auftun und ab jetzt alles anders werden würde. Was für ein Irrtum. Wo bin ich stattdessen? Ich vegetiere deprimiert auf dem knarrenden Bett vor mich hin, stopfe mich mit Süßkram voll und verbrauche meine gesamten Taschentuchvorräte.

Wo soll ich bloß hin? Ein Hotel über die Feiertage werde ich mir kaum leisten können, und zu meiner Familie nach Chicago kann ich auch nicht mal eben fliehen. Platz hätten sie davon abgesehen sowieso nicht.

Es ist zum Aus-der-Haut-Fahren. Die Probleme reißen nicht ab. Und dieser attraktive Mistkerl hat dem fürchterlichen Tag noch die Krone aufgesetzt. *Unglaublich.*

Ungehobelt und verdammt sexy. Was für eine bescheuerte Kombination. Wimmelt es in ganz Manhattan nur noch von solchen Exemplaren?

Seltsam.

Anfangs, als er mir den Mantel abnahm, hat mich seine zuvorkommende Art fasziniert. Ich war wohl zu sehr von seinem optischen Erscheinungsbild abgelenkt, sodass mich meine Wahrnehmung arglistig getäuscht hat. Kein Wunder. Der Tag war ja bis dahin bereits zum Vergessen, warum habe ich einen positiven Ausgang erwartet? Weil ich immer eine Optimistin war, die gerade allerdings mit verquollenen Augen die gesamte Kontrolle verliert.

All die Werbeanzeigen, die die Besucher nach Manhattan locken, führen diese doch vollkommen hinters Licht. Wo bitte hat denn die Stadt die Magie der Weihnacht versteckt? Wann spüre ich etwas von dem geheimnisvollen Weihnachtszauber? Oder ist der nur für bestimmte Personen reserviert?

Wütend stampfe ich in den Wohnbereich, der recht einfach und überschaubar ist, und hole aus dem Küchenschrank eine alte Plastiktüte, um den Müll von meinem Bett zu entsorgen. Wenn ich mich weiter so gehen lasse, ziehe ich mich selbst nur noch mehr runter und verliere mich womöglich komplett.

Auf dem kleinen Küchentisch entdecke ich den Flyer der aktuellen Werbekampagne von *Macy's*, der sofort mein Interesse auf sich zieht.

»Auch auf deinen Wunschzettel wartet der Weihnachtsmann bei Macy's«

Argh. Als ob der gute Santa ausgerechnet auf meinen Wunschzettel wartet und der dann erfüllt wird, denke ich. Lustlos schlurfe ich zurück ins Schlafzimmer und beseitige das Chaos, das ich dort angerichtet habe.

Der Flyer geht mir jedoch nicht aus dem Kopf. Vielleicht ist es einen Versuch wert. Als Kind habe ich es geliebt, einen Briefbogen mit meinen Weihnachtswünschen zu beschriften, ihn dann bei meiner Granny zusammengefaltet unter einem dicken Stein auf der Fensterbank abzulegen und am nächsten Morgen festzustellen, dass er tatsächlich verschwunden war. Das war magisch. Und einer der Wünsche wurde immer erfüllt.

Nachdem ich auf meinem Stockwerk die Tüte hinter der schleifenden Müllklappe entsorgt habe, kehre ich nachdenklich zurück in meine Wohnung.

Warum nicht? Ich als hoffnungslose Romantikerin sollte erst recht einen Wunschzettel schreiben. Und wer weiß, vielleicht wird für mich ein kleines Weihnachtswunder wahr. Momentan bleibt mir eh nichts anderes übrig, als an ein solches zu glauben.

Müde schlendere ich über den grauen Linoleumboden ins Bad, nehme meine Zahnbürste aus dem Spiegelschrank, drücke einen erbsengroßen Klecks auf die schneeweißen Borsten und putze in kreisenden Bewegungen über meine Zähne.

Warum eigentlich nicht? Diese Frage hallt in meinen Gedanken wider, während ich in den maroden Spiegel schaue, der von der anhaltenden Feuchtigkeit in dem winzig kleinen Raum ohne Fenster angelaufen ist. O Gott, ich sehe fürchterlich aus. Zumindest das kann ich darin noch erkennen.

Was hast du zu verlieren, Ariana? »Nichts«, gebe ich den grauen Fliesen zur Antwort.

Gurgelnd spüle ich nach ein paar Minuten meinen Mund aus und wasche mein verheultes Gesicht mit eiskaltem Wasser ab.

Nach diesem Frischekick bin ich plötzlich voller

Tatendrang und suche in meiner Tasche nach passendem Schreibwerkzeug.

Mit Block und Stift bewaffnet gehe ich zurück ins Bett, kuschle mich unter der warmen Bettdecke ein und mache mich mit hochroten Wangen an die Arbeit. Meinen spontanen Einfall sofort umzusetzen, ist wirklich verlockend und extrem aufregend. Mich weiter im Abwärtsstrudel zu drehen, ist keine Option. Und verrückte Ideen sind einfach die perfekte Ablenkung.

Ich beginne mit der Überschrift. »Arianas Wunschzettel« schreibe ich in schönster Schreibschrift und unterstreiche die Worte mit einem schnörkeligen Strich. Irgendwie fühlt es sich an, als ob ich viele Jahre in die Vergangenheit reise. Fast schon albern, wenn man bedenkt, wie alt ich bin und wie viel Spaß es mir gerade macht, diese Liste anzulegen, die sich gleichzeitig wie ein Strafzettel an mein altes Leben anfühlt.

★ *Einen Traummann – kein Arschloch*
★ *Eine neue, bezahlbare Wohnung*
★ *Einen besser bezahlten Job*
★ *Eine Kutschfahrt bei Schneefall*
★ *Einen Kuss unterm Mistelzweig*

Eigentlich nichts, was unerreichbar wäre. Wenn man allerdings meinen aktuellen Status betrachtet, wirkt das anders. Dennoch lasse ich mir nicht zum wiederholten Mal die gute Laune vermiesen, die ich mir beim Schreiben mühselig zurückerobert habe.

Als ich fertig bin, falte ich den Wunschzettel eifrig so zusammen, dass er in einen Briefumschlag passt. Bevor ich ihn in das weiße Kuvert schiebe und dieses zuklebe, küsse ich ihn glücksbringend. Sicher ist sicher.

Mit einem Lächeln schwenke ich den Umschlag in der Hand und lege ihn auf dem Nachttisch ab, knipse das Licht aus, ziehe mir die Bettdecke bis unters Kinn und wünsche mir, dass der morgige Tag ein besserer wird.

Nicolás

»Bitte bringen Sie mir einen Kaffee – möglichst stark – und verzichten Sie bitte auf die Milch, die kann ich heute nicht vertragen, meine Nacht war extrem kurz«, weise ich meine Assistentin im Vorbeigehen an und steuere auf mein Büro zu.

Ein Eckbüro in der fünfundzwanzigsten Etage mit zwei riesigen Fensterfronten und einem freien Rundumblick auf den *Battery Park*, den *Hudson River* und die *Freiheitsstatue* zu besitzen, grenzt wirklich an puren Luxus. Aber diesen Komfort habe ich mir verdient, weil ich Tag und Nacht hart dafür arbeite. Mittlerweile mehr am Tage. Dennoch habe ich nicht vergessen, wie steinig der Weg auf meiner Karriereleiter bis nach oben war.

»Äh, Mr. Navarro ...«, höre ich die zögernde Stimme meiner Assistentin, als ich gedanklich schon wieder bei meinem komplizierten Kunden und der Latina-Schönheit bin, die mir irgendwie mit ihrer frechen und hilfsbedürftigen Art den Kopf verdreht hat. Völlig verständlich, dass mich beides zu gleichen Anteilen wachhielt. Ich grüble noch, wer von beiden höher im Kurs steht.

Vermutlich sie. Weil ich das dringende Verlangen verspüre, mich bei ihr zu entschuldigen, und ich trotz des Schlafdefizites mit einem Grinsen auf den Lippen umherlaufe und darüber nachdenke, wie ich das anstelle.

Doch als ich die Tür zu meinem Büro aufstoße und dort meine Ex mit ihrem Hund vorfinde, rutscht meine Laune postwendend in den Keller und ich möchte am liebsten auf dem Absatz kehrtmachen. *Verdammt.* Was will sie schon wieder hier?

Schwanzwedelnd beginnt dieses überzüchtete Schoßhündchen zu hecheln und tippelt aufgeregt auf seinen kleinen Pfoten herum, als er mich entdeckt. Hoffentlich ist er endlich stubenrein und pinkelt nicht auf den erst kürzlich neu verlegten Teppichboden. Er niest, macht Platz und hüpft auf der Stelle.

Gott bewahre. Zum Glück ist er angeleint. Ich hasse nichts mehr als sabbernde Hunde, die sich an maßgeschneiderten Anzughosen reiben. Gerade jetzt, wo ich sowieso alles allein regeln muss und niemanden habe, der meine Botendienste zur Reinigung übernimmt.

»Nicolás ...«, schnarrt Amber. Ihre Stimme klingt wie über eine alte Schultafel kratzende Fingernägel. Ich zucke zusammen. Bei ihr würde es mir leider nicht weiterhelfen, mir vorübergehend die Ohren zuzuhalten. Sie verschwindet nicht beim nächsten Atemzug. Ein Jammer.

Ich nicke knapp und spiele kurz mit dem verlockenden Gedanken, zur Anrichte zu laufen, um mir einen doppelten Whisky auf leeren Magen einzuschenken. »Amber. Warum bist du hergekommen? Wir haben doch alles geklärt.«

Wenn ich die Hoffnung hatte, dass der vorletzte Tag vor dem Weihnachtsmorgen besser werden würde als der gestrige, wurde diese gerade zunichte gemacht. Wurde ein Fluch auf das Gebäude oder auf mich gelegt? Vermutlich.

Angestrengt reibe ich mir die Nasenwurzel. Ich mustere sie missbilligend und schmiede einen Plan, wie ich meine Assistentin im Hudson ertränke. Warum hat sie sie überhaupt in mein Büro gelassen?

In mir tobt ein gewaltiger Sturm, der sich immer mehr verfestigt, als ich widerwillig mein Büro betrete und die Tür hinter mir schließe, mich jedoch nicht weiter in den Raum hineinbewege. Sie soll wissen, dass das hier ein kurzes Gespräch wird.

»Du ignorierst meine Nachrichten.« Mit einer übertriebenen Kopfbewegung wirft sie ihr blondes Haar über die Schulter.

Ich fasse es nicht. Deshalb ist sie hier? Weil ich nicht auf die unzähligen Kurzmitteilungen reagierte, mit denen sie mich gestern Abend bombardierte?

»Ich ignoriere deine Nachrichten, weil ich es für schlauer erachte. Denn deine Fragen ergeben keinen Sinn.«

Sie schürzt ihre aufgespritzten Lippen und funkelt mich böse an. »Wieso? Mein Anwalt sieht das anders.«

Mir bleibt auch nichts erspart. »Amber, du verlangst von mir, dass ich für deinen Hund Unterhalt bezahle. Willst du wirklich noch einmal mit mir darüber diskutieren?«

Ich sollte mir nicht nur ein Glas von dem Whisky genehmigen, sondern die ganze Flasche ansetzen. Drehen eigentlich alle durch?

»Du hast ihn mir geschenkt«, erwidert sie trotzig und stemmt eine Hand in die Hüfte, die durch die dicke Steppjacke verdeckt ist, während der kleine Mops sich fast an der glitzernden Leine mit dem Halsband stranguliert. Nicht, dass sie mich dafür dann auch noch verantwortlich macht.

O Gott.

Mir kommt es gerade vor, als würde ich ein

Gespräch mit einer Dreijährigen führen, die ihre Lieblingssüßigkeit im Supermarkt nicht bekommt. Fehlt noch, dass sie anfängt zu schreien und sich strampelnd über den Boden rollt. Das wäre die Steigerung zu gestern.

»Im Laufe unserer Beziehung«, sage ich und könnte mich mittlerweile selbst dafür ohrfeigen, dass wir überhaupt mal ein Paar waren, »habe ich dir im Übrigen noch ein paar andere Dinge geschenkt. Willst du für die Manolos auch einen Reinigungsservice auf Lebenszeit beantragen, die Golfstunden reklamieren, weil du dir deine Fingernägel ruiniert hast, oder einen Fahrservice für deinen schicken Sportwagen gerichtlich einklagen?« Mir platzt der Kragen. »Soll ich weitermachen, Amber?«, frage ich mit einem scharfen Unterton. Mich regt ihr zweiter Besuch in dieser Woche nicht nur auf, er macht mich rasend.

Empört reißt sie die Augen auf und holt tief Luft. Doch ich lasse sie nicht zu Wort kommen. »Ich schätze, wir haben alles geklärt. Ich muss arbeiten. Damit ich die Raten für deine ganzen Geschenke zurückzahlen kann.«

Aufgebracht greife ich nach der Klinke, reiße die Tür wieder auf und blicke in das zerknirschte Gesicht meiner Assistentin. *Dich knöpfe ich mir gleich noch vor.*

Sekundenlang passiert nichts. Mein steigender Blutdruck presst sich gegen meine Schläfen, als ich mich umdrehe, um nachzusehen, warum sie sich nicht in Bewegung setzt. Schließlich ist meine Aufforderung mehr als deutlich.

Arrogant reckt sie ihre Nase in die Höhe. »Ich gehe erst, wenn wir das geklärt haben. Ein weiteres Mal lasse ich dir das nicht durchgehen.«

Ist sie eigentlich taub? So viel Alkohol kann ich gar nicht trinken, um diesen Vorfall heute Abend aus meinem Gedächtnis zu löschen.

Betont lässig verschränke ich die Arme vor der Brust, lehne mich gegen das Türblatt und sehe sie an. Um mit mir auf Augenhöhe zu sein, muss sie schon früher aufstehen. Ihr unreifes Verhalten kann ich nur belächeln. »Du kannst sehr gern an diesem Fleck Wurzeln schlagen. Aber sei dir gewiss: Die Nutzungskosten stelle ich dir in Rechnung. Daher solltest du wissen, dass mein Stundenlohn das Budget, das dir dein Vater wöchentlich zur Verfügung stellt, deutlich übersteigt.«

»Du bist ein egoistisches Arschloch, Navarro! Komm Buffy, wir gehen.«

Hat mir das nicht gestern erst eine gewisse Person mit ähnlichem Wortlaut ins Gesicht geschleudert?

Erzürnt rennt sie an mir vorbei und zieht das kugelrunde Geschoss hinter sich her, das immer noch um meine Aufmerksamkeit bettelt, die ich nicht bereit bin, ihm zu geben. Amber hätte es missverstanden.

Als die Stimme meiner zeternden Ex vom Lift verschluckt wird, atme ich erleichtert auf und widme mich meiner Assistentin, die hinter ihrem Schreibtisch immer kleiner wird. Gut so. Denn wenn sie nicht bereits selbst gekündigt hätte, würde ich es jetzt für sie erledigen und sie vor die Tür setzen.

Irgendwie war Ariana der erste Lichtblick in den letzten Stunden. Sie hatte es geschafft, dass ich mich entspannte und den ganzen Scheiß um mich herum vergaß. Und was tat ich? Ich benahm mich nicht im Ansatz wie der Gentleman, der ich in meinem Innersten ihr gegenüber sein wollte.

Kapitel Drei

ARIANA

Schmunzelnd halte ich die giftgrüne Boxer Brief mit den schwarzen Totenköpfen und dem weißen Bündchen am Plastikbügel hoch und betrachte das ausgefallene Kleidungsstück. Sehr stylisch und genau richtig für Mr. Super-Arrogant.

Schadenfroh stopfe ich das mehr als hässliche Teil in den riesigen Einkaufsshopper und schlendere gut gelaunt durch den Wäschebereich der Herrenabteilung. Die Auswahl an modischen Missgeschicken ist hier immens groß, und ich habe einen mordsmäßigen Spaß daran, es ihm damit heimzuzahlen. Natürlich liegen auch schon ein paar figurbetonte dunkle *Boss* Boxershorts in der Tasche. Denn eine Beschwerde über mich bei meiner Chefin will ich am allerwenigsten herausfordern.

Aber ich muss ihn mit diesen Accessoires unbedingt ein bisschen aufziehen. Auch wenn es auf meine Kosten geschieht. Schade, dass ich ihm die Lieferung nicht persönlich überbringen kann, um ihm beim Auspacken zuzusehen. Es wäre mir das reinste Vergnügen. Sehr sicher sogar.

Als Nächstes entdecke ich eine neongelbe Trunk mit Tränen lachenden Emojis. *Perfekt*, denke ich und werfe sie zu den anderen. Darin würde er umwerfend aussehen. Was ich tatsächlich nicht einmal anzweifle, da er selbst in dem grässlichsten Teil noch supersexy wäre. Denn seine trainierten Arme blitzten auffallend durch den dünnen Hemdstoff, und als meine Hand auf seinem Brustkorb ruhte, konnte ich seine perfekt definierten Muskeln spüren. Ich schätze, dass das, was sich sonst noch unter den Stoffschichten befindet, ebenso ansehnlich ist. Er strahlt eben pure Männlichkeit aus. Nicht nur psychisch, was man ihm eindeutig anmerkt, sondern auch körperlich ist er ein starker Mann.

Und schon wieder schweifen meine Gedanken zu ihm zurück. Wie ausgehungert er mich ansah und wie extrem unverschämt er auf einmal war. Leider sorgte sein plötzlicher Stimmungswechsel nicht dafür, dass ich ihn nun unausstehlich finde. Im Gegenteil. Es macht ihn interessant. Mein schizophrenes Herz hatte schon immer eine Vorliebe für schwierige Typen. Ich kann es nicht abstellen. Sie ziehen mich magisch an. Trotzdem spielt er definitiv in einer ganz anderen Liga. Er ist wohlhabend und ich bin arm. Er ist mächtig und unverwüstlich. Mit seiner Überlegenheit würde er nie sparsam umgehen. Er hat das Sagen. Da besteht überhaupt kein Zweifel. Doch eins zwingt ihn in die Knie: Eine Frau, die den Mut hat, sich ihm zu widersetzen. Und genau diese Schwäche konnte er nicht verbergen. Sein hungriger Blick hat ihn leider verraten.

Ihn auf gewisse Weise herauszufordern, indem ich die Kleiderauswahl etwas aufpeppe, um ihn ein bisschen zu piesacken, ist nicht allein Grund für meine gute Laune. Auf dem Weg zur Arbeit studierte ich die Annoncen und entdeckte ein kleines bezahlbares Appartement in Queens. Vielleicht nicht unbedingt die bevorzugte Lage, die ich mir vorstelle, aber immerhin besser, als demnächst obdachlos zu sein. Leider nimmt am anderen Ende der Leitung niemand ab. Ich bleibe dran und gebe nicht auf.

Langsam gehe ich weiter und stolpere über ein sehr exklusives Teil aus schwarzem Stoff. Einen String. Das Modell aus einem in perfekter Passform geschnittenen Dreieck an der Vorderseite, das mit dünnen Bändern verbunden ist, sieht so schrecklich aus, dass es sich für meine Zwecke hervorragend eignet. Nicht nur optisch ist es scheußlich, auch das Material fühlt sich abstoßend an, als ich über den seidig schimmernden Stoff streiche. Für mich wäre es eher ein Grund zu flüchten als zu bleiben, wenn ein Mann in einem solch heißen Höschen vor mir stehen würde.

Kichernd stecke ich den unerotischen Stofffetzen in die Tasche und wandere in die Sockenabteilung. Ein paar bunte Skatersocken würden doch gut zu ihm passen. Ich bin gemein. Aber er war ungehobelt, also sorge ich nur für ausgleichende Gerechtigkeit. Wer weiß, vielleicht bevorzugt er ja auch farbenfrohe Freizeitklamotten und ich treffe seinen Geschmack.

Auf einem Wühltisch finde ich drei Paare, die sogar total hip wirken, wenn man darauf steht: dunkelgrün mit rosafarbenen Flamingos, rot-weiß im Weihnachtsmann-Look und türkis mit bunten Bonbons. Echt der letzte Schrei.

Raschelnd schiebe ich die verrückten Modelle in die prallgefüllte Tasche und nehme noch ein paar Sportsocken vom Aufsteller, die ich zusammen mit schwarzen Baumwollsocken zu den anderen Sachen stopfe.

Als ich zu den Rolltreppen gehe, um die Hauptkasse, an der eine weitere Tasche mit den Businesshemden, Jeans, Shirts und Sportklamotten hinterlegt ist, zu erreichen, entdecke ich ein weiteres Highlight, an dem ich einfach nicht vorbeigehen kann.

Mit der schwer beladenen Henkeltasche über

meiner Schulter steuere ich auf den Sonderposten zu: einen dunkelgrünen Strickpullover mit Rentieren und Zuckerstangen. *Wirklich reizend*, denke ich und kann mein ironisches Lachen nicht mehr unterdrücken. Zu gern wäre ich Zeugin des Ausmaßes seiner Reaktion, wenn er den Pullover aus der Tüte zieht und mich verwünscht.

Bewundernd betrachte ich die eingearbeitete Applikation und streiche mit den Fingern über die paspelierten Nähte. Wer trägt so etwas? Das ist reinster Kitsch, der sich höchstens für die nächste »Ugly Christmas Sweater«-Motto-Weihnachtsfeier eignet.

Kopfschüttelnd falte ich den Wollpulli sorgfältig zusammen, bevor ich ihn auf die Socken lege und mit der Rolltreppe ins Untergeschoss fahre.

Hier drinnen ist es mollig warm, beinahe schon zu heiß – bei all der Kleidung, die man tragen muss. Mir graut es allerdings davor, gleich in die eisige Kälte hinaus zu müssen. Denn draußen tobt seit heute Nacht ein orkanartiger Wind, und meine Angst vor einem Blizzard wächst. Mein Leben ist momentan kompliziert genug, auf eine zusätzliche Naturkatastrophe kann ich getrost verzichten.

Schließlich will ich, wenn es mit diesem Appartement klappt, umziehen. Ein Schneechaos, das meine Pläne durchkreuzt, kann ich gar nicht gebrauchen.

Genau diese Art von Situationen, auf die man null Einfluss hat, machen mich kopflos, und ich wünschte, jemand würde mich auffangen. Ein aufrichtiger Traummann, der mich versteht und mir meine Angst nimmt. Ich verwandle mich nämlich in solchen Momenten in ein schutzloses Rehkitz, das dringend Hilfe benötigt. Doch außer einer Chefin, die mich von A nach B jagt, ohne auch nur ein einziges Mal gefragt zu haben, wie es mir nach der Trennung ging, habe ich niemanden. Ich bin nicht nur allein, sondern einsam.

Die weihnachtliche Stimmung, die hier im Kaufhaus auch dank der passenden Hintergrundmusik in der Luft liegt, und meine trüben Gedanken haben auf einmal etwas Bedrückendes. Und der Anblick der Paare, die sich händchenhaltend und verliebt in die Augen sehen, sorgt dafür, dass sich meine Laune schlagartig ändert und ich am liebsten zurück in mein kuschliges Bett kriechen möchte.

Doch mehr, als diese Harmonie auszublenden, bleibt mir nicht übrig. Schließlich muss ich Mr. Super-Arrogant beliefern, meinen Wunschzettel auf dem Rückweg bei *Macy's* einwerfen und irgendwie bei der Wohnungsverwaltung jemanden erreichen.

Mein Tag ist viel zu vollgestopft, als dass ich es mir leisten kann, mich schon wieder von der Umwelt beeinflussen zu lassen, um dann Trübsal zu blasen.

Als ich an der Kasse die Einkaufstasche abliefere, um ein paar Minuten später den Lieferschein mit der gesamten Ware zu quittieren, kehren meine Gedanken zurück zu Nicolás Navarro, meinem unverschämt gut aussehenden Kunden. Ob er wohl Single ist? Würde sich dann aber nicht die Frau an seiner Seite um ihn und seine Anziehsachen kümmern?

Nachdenklich schultere ich die schweren Einkaufstaschen und verlasse das exklusive Kaufhaus, das letzte Geschäft auf meiner Shoppingtour durch Manhattan.

Am Straßenrand wartet der Fahrer meiner Chefin, um mich mit der vollständigen Lieferung zur *Upper East Side* zu bringen. Äußerst komfortabel, wenn ich an die Odyssee mit der Bahn von gestern denke.

Schnell steige ich ein und freue mich, dass der hintere Sitz beheizt ist und meinen kurz schockgefrosteten Körper aufwärmt. Das Wetter ist wirklich ungemütlich. Der Himmel ist nebelverhangen und sobald man auf die Straße tritt, wird man weggepustet. Heute komme ich nicht darum herum, meinen Kopf mit einer warmen Pudelmütze zu bedecken. Der plüschige rote Bommel sieht sogar recht trendy aus.

Im Kofferraum und auf der Rücksitzbank liegen

die Tüten verteilt, die ich gleich unten beim Portier der schicken Luxusbehausung abliefern werde, um mich danach endlich von meiner Chefin bis ins neue Jahr zu verabschieden. Im Gegensatz zu ihr besitze ich Anstand.

Von allen Errungenschaften bei meiner Klamottenjagd durch die Innenstadt gefällt mir die stahlblaue Superman-Krawatte von *Saks*, die ich gleich zu Beginn meiner Einkaufstour aufgetrieben habe, immer noch am besten. Irgendwie ist Nicolás gar nicht so weit entfernt von einem Supermann.

Aus meiner Handtasche fische ich den Umschlag mit dem Lieferschein und die Rechnung. Beides stopfe ich zusammen mit meiner Visitenkarte in eine der Tragetaschen. Wenn er alles nimmt, wäre das mein größter Auftrag in dieser Woche. Vielleicht wird mir dann doch noch ein Weihnachtsbonus gezahlt.

Nicolás

Nach einer langen heißen Dusche trete ich mit einem weißen Frotteehandtuch um die Hüften aus dem Bad. Während ich mir meine Haare mit einem weiteren Tuch trocken rubble, laufe ich durch mein hell beleuchtetes Penthouse zum Kühlschrank, um mir eine kalte Flasche Bier zu dem chinesischen Abendessen, meiner ersten warmen Mahlzeit an diesem Tag, zu genehmigen.

Sobald ich gesättigt bin, widme ich mich endlich der Spezziallieferung von Ariana, die mir Lionel, der Portier, nach oben gebracht hat. Ich hoffe, dass mir ihre Auswahl gefällt und ich für die nächsten Tage genügend Kleidung zur Verfügung habe. Denn wie diese verflixte Waschmaschine funktioniert, ist mir ein Rätsel.

Doch bevor ich anfange zu essen, trinke ich einen

großzügigen Schluck und verschwinde in mein Schlafzimmer, um mir eine Jogginghose und ein Shirt überzuziehen. Draußen ist es dank der arktischen Kältefront so eisig, dass selbst ich zum Weichei mutiere und meinen durchgefrorenen Körper aufwärmen musste.

Vollständig angezogen öffne ich raschelnd die Essensboxen, mache es mir vor dem Fernseher gemütlich und schiebe mir mit Holzstäbchen die Nudeln mit dem scharfen Fleisch und dem Gemüse in den Mund.

Genüsslich kauend zappe ich durch die Kanäle und bleibe beim Sportsender hängen, auf dem die Wiederholung vom letzten NFL-Spieltag der *Patriots* gezeigt wird. Eigentlich tragisch, dass mir die Zeit fehlt, um solche Spiele mal live zu verfolgen. Kein Wunder, solange es Kunden wie meinen letzten gibt, die kurz vor einem Deal die Reißleine ziehen, weil sie sich für schlauer halten. Zum Glück haben ihn meine Worte zum Nachdenken gebracht. Im Grunde hatte er Angst vor seinem finanziellen Untergang, und es wäre genauso gekommen, wie ich es ihm prophezeit habe, wenn er nicht eingelenkt hätte. Zufriedenstellend konnte ich den letzten Auftrag in diesem Jahr erfolgreich abschließen. Allerdings ließ er mich mit seiner Antwort bis zum späten Nachmittag warten. So etwas kann ich überhaupt nicht ausstehen. Mich lässt man nicht zappeln.

Danach tat ich etwas, das ich noch nie getan habe. Ich leitete alles in die Wege, was nur noch reine Formsache war, verabschiedete mich mit einem kleinen Geschenk von meiner Assistentin und ging. Um diese Uhrzeit war ich noch nie zu Hause. Es ist ungewohnt früh, wie mir meine Armbanduhr, die auf dem Tisch liegt, bestätigt. Es fühlt sich seltsam an und dennoch irgendwie richtig.

Vielleicht ist bei mir auch einfach die Luft raus. Sieben Tage die Woche unter Volldampf zu funktionieren, ist auf Dauer eine hohe Belastung. Und gerade genieße ich den relaxten Zustand total.

Entspannt nippe ich an dem kühlen Bier, das mir erfrischend die Kehle hinabrinnt und die Schärfe des Rindfleischs abmildert. Das Essen schmeckt hervorragend. Wahrscheinlich würde ich das jetzt zu jedem Gericht sagen, weil ich vollkommen ausgehungert bin. Selbst dafür nehme ich mir zu wenig Zeit. Meine Mahlzeiten sind so unregelmäßig wie die Besuche meiner Mutter. Aber das ist ein anderes Thema.

Konzentriert und mit vollem Magen verfolge ich die Spielzüge der Gegner, die am letzten Wochenende eindeutig besser waren als die *Pats*. Da ich aber montagmorgens in der Regel eher die Börsenkurse als die Sportergebnisse checke, fühlt sich das Spiel für mich nicht wie eine Aufzeichnung an. Es ist verrückt. Ich schüttle den Kopf über diese traurige Erkenntnis, während ich die Flasche erneut ansetze, um sie in einem Zug zu leeren.

Mein Blick schweift zu dem Berg aus Tüten. Ich fahre mir mit der Hand durch mein feuchtes Haar, dann stelle ich die Glasflasche auf dem Couchtisch ab, um aufzustehen. Plötzlich interessiert es mich brennend, was sich darin befindet.

Insgesamt sind es sieben prall gefüllte Tüten, die an dem breiten Durchgang zum Wohnbereich abgestellt sind. Mit zweien von ihnen kehre ich zur Couch zurück.

Neugierig öffne ich die erste der mit Druckknöpfen verschlossenen Taschen und schaue hinein. Zum Vorschein kommen dunkle und helle Jeanshosen, wobei eine mit sehr modischen Rissen designt wurde. Soll ich so was etwa tragen? Bisher habe ich solche Hosen in die Altkleidersammlung gegeben und nicht mehr angezogen.

Im zweiten Beutel befinden sich mehrere Sportoutfits, die ganz nach meinem Geschmack sind. Ich habe Ariana wohl doch falsch eingeschätzt. Die Zusammenstellung lässt sich sehen. Und ich dachte, sie würde nach ihrem knappen Abgang den Auftrag ablehnen. Stattdessen überrascht sie mich heute mit der Lieferung.

Als ich mir die nächsten Einkaufstaschen hole und deren Inhalt auf der Couch verteile, flattert neben bunten Socken ein Briefumschlag heraus und landet neben meinen Füßen auf dem Boden. *Was ist das?*

Kopfschüttelnd hebe ich die Socken vom Fußboden auf und mustere sie. Mein Lob muss ich wohl revidieren. Wer soll die denn bitte anziehen? Grün mit Flamingos. Sie will mich doch veräppeln. Weihnachtsmann-Look? Ich hatte nicht vor, irgendwo einzuspringen. Und das türkise Paar mit den aufgedruckten Candykugeln toppt alles. Dennoch ertappe ich mich dabei, wie ich mir schmunzelnd übers Kinn reibe, statt mich zu ärgern. Was für ein Luder. Ariana, du bist ganz schön gerissen. Übers Knie legen sollte ich dich dafür.

Als ich einen Schritt zurücktrete, um die beiden letzten Tüten zu kontrollieren, richtet sich meine Aufmerksamkeit wieder auf den Umschlag, der auf einmal an meinem Fuß klebt.

Ich beuge mich vor und hebe ihn auf, als mich der jubelnde Reporter unterbricht, der lautstark den ausgeglichenen Spielstand verkündet und meinen Blick damit auf den Fernseher lenkt. *Geht doch. Die Patriots sind ja doch nicht so schlecht,* denke ich, während ich mich gleichzeitig dem Umschlag widme, ihn öffne und das zusammengefaltete Papier herausziehe.

Nachdem die entscheidenden Spielszenen wiederholt wurden, schaue ich wieder auf das Kuvert. Mittlerweile habe ich den Inhalt automatisch auseinandergefaltet und überfliege das Schriftstück.

Ungläubig schüttle ich beim erneuten Blick auf die feminine Handschrift den Kopf. Wieso schickt sie mir einen Wunschzettel? Es muss sich doch um ein Missverständnis handeln. Unbewusst gleitet mein Blick zur Tür und ein Bild von Ariana, die sich von mir abwendet und geht, erscheint vor meinem inneren Auge. Bin ich schon verrückt und sehe Gespenster?

Was hat das alles zu bedeuten? Die bunten Socken, der Umschlag mit dem Wunschzettel. Was halten die anderen Tüten für mich bereit? Ich muss es wissen.

Mit hochgezogenen Brauen blicke ich mich skeptisch um, als ob gleich jemand aus den Nebenzimmern gerannt kommt und laut ruft: »Verarscht!« Doch außer dem Footballspiel im TV höre und sehe ich nichts.

Die letzten beiden Tage sind wirklich äußerst seltsam. Genauso die Tatsache, dass ich normalerweise in solchen Fällen wie diesem mit der Personalshopperin anders reagieren würde. In der Regel würde ich einen Anruf tätigen, der sich gewaschen hätte. Aber ich, Nicolás Navarro, bin verwirrt. Ich fühle mich viel zu sehr zu diesem hübschen Ding hingezogen und die fünf Punkte auf diesem Wunschzettel wecken ein weiteres Mal meinen Beschützerinstinkt. Traummann. Wohnung. Job. Kutschfahrt. Kuss. Wie soll ich da noch an etwas anderes denken als an sie?

Ariana

Meine Güte. *»Ich könnte mir in den Hintern treten«*, schimpfe ich mit mir selbst, als ich aus dem Uber steige und auf das schicke Appartementhaus zustürme.

Hoffentlich ist er zu Hause. Dann schaffe ich es noch, rechtzeitig vor Ladenschluss bei *Macy's* zu sein, um meinen Wunschzettel abzugeben.

Wie kann man nur so blöd sein und zwei Umschläge vertauschen? *Argh.* Das kann auch nur mir passieren.

Schwungvoll ziehe ich die Tür zur Lobby auf und schlüpfe schnell ins Innere. Hektisch blicke ich zum Pult, an dem der Portier sitzt und frage: »Ist Mr. Navarro da?«

»Ja, Miss. Er ist oben. Soll ich Sie anmelden oder haben Sie einen Termin?«

»Danke. Ich habe einen Termin«, lüge ich und renne zum Aufzug, der wie aus heiterem Himmel auf mich wartet. Wenigstens darauf ist Verlass. Ich steige ein und starre ungeduldig auf den Eingangsbereich, bis sich die Türen schließen.

Puh. Schnell nach oben, mich blamieren und davoneilen, das ist der Plan. Unruhig zupfe ich am Kragen meines Mantels. Mir wird heiß. Mein Herz klopft mir bis zum Hals und das Blut rauscht in meinen Ohren. Der eisige Wintersturm und der unerwartete Stress setzen mir gleichermaßen zu. Ich schäme mich. Mein Leben ist ein einziger Scherbenhaufen.

Als ich eben zum wiederholten Male versucht habe, endlich jemanden bei der Hausverwaltung zu erreichen, lief eine monotone Bandansage: Über die Feiertage machen wir eine Auszeit. Wir wünschen ein frohes Fest.

Frohes Fest, dass ich nicht lache. Haben die eine Ahnung, wie sehr sie mir das versaut haben? Ich weiß nicht mal, ob das Appartement noch zu haben oder bereits vergeben ist. Und dann passiert mir auch noch diese dumme Verwechslung. Wie peinlich, wenn er den Umschlag bereits geöffnet und meine Wunschliste gelesen hat.

Verzweifelt kreuze ich die Finger und bete, dass

das Kuvert am Boden einer der Tüten liegt und er ihn nicht gefunden hat.

Ich glaube, von der Kälte und der ganzen Aufregung bekomme ich schon Stresspocken. Mein Körper juckt unentwegt. Schnell lockere ich den Schal und fächle mir mit dem richtigen Umschlag etwas Luft zu, als der Lift stoppt und die Türen aufgleiten.

Mein Puls rast. Wenn er den Umschlag entdeckt hat, kennt er nicht nur dessen Inhalt, sondern auch den der Tüten. Und mir blüht eine Abreibung. Ich glaube, das war ziemlich unüberlegt von mir. Aber ich hatte so einen Spaß beim Shoppen. *Mist.*

Am liebsten würde ich mich gegen die nächste Wand lehnen und kraftlos daran hinunterrutschen, um mich von dem harten Fliesenboden auffangen zu lassen. Hilft aber auch nicht.

Schnell streife ich mir die Mütze vom Kopf und stopfe sie in die Manteltasche. Mit zittrigem Finger drücke ich auf den Klingelknopf und merke, wie die Gläser meiner Brille durch meinen erhitzten Körper beschlagen. Bevor ich mir das Gestell jedoch von der Nase ziehen kann, geht die Tür auf.

»Ach …«, höre ich und bin wie versteinert.

Mehr als ein ‚Ach' sagt er nicht? In diesem Moment beginnt mein Herz noch heftiger zu schlagen und ich wünschte, ich könnte mich wie eine Unsichtbare an ihm vorbeischleichen, die Umschläge austauschen und verschwinden. Doch an eine Flucht ist gar nicht zu denken, so plötzlich, wie ich von ihm in die Wohnung gezogen werde und er mir die Brille abnimmt.

»Ich sehe nichts mehr«, beschwere ich mich und blinzle hektisch mit den Augen. Als meine Sicht wieder hergestellt ist, steht Nicolás nur noch eine Armlänge von mir entfernt und sein intensiver Blick trifft mich bis tief in mein Innerstes.

Wow. Mir stockt der Atem und meine Probleme rücken schlagartig in den Hintergrund – ebenso wie der Anlass für meinen unangekündigten Besuch.

»Haben Sie doch vorher auch nicht. Oder können Sie durch beschlagene Gläser sehen? Wenn ja, müssen Sie mir zeigen, wie das geht«, meint er und zwinkert mir schmunzelnd zu.

O nein, nicht schon wieder. Wenn ich dachte, dass es zu dem halben Businessoutfit von gestern keine Steigerung gibt, dann habe ich mich getäuscht. Nicolás in legerer Jogginghose, einem einfachen weißen Shirt, das an den Ärmeln spannt, mit den noch feuchten dunklen Haaren und dem feinen Bartschatten, der heute sichtbar ist, lässt mich kurzzeitig alles vergessen. *Halleluja.* So blind bin ich wohl doch nicht.

»Äh …« Meine Güte. In seiner Nähe setzt mein Verstand sprungartig aus und ich bin offensichtlich nicht in der Lage, ganze Sätze zu formen.

Er reicht mir die Brille und ich blicke wie in Zeitlupe auf seine große, kräftige Hand. *Wie es wohl wäre, wenn er damit … Nein, Ariana!*, ermahne ich mich stumm.

Schnell nehme ich ihm meine Sehhilfe ab und schiebe sie zurück auf meine Nase.

»Danke«, hauche ich atemlos und spüre, wie meine Knie weich werden. Schnell räuspere ich mich, um meine verschwundene Stimme zurückzuholen und ergänze mein Auftauchen mit einem »Entschuldigung«.

Warum verfalle ich in seiner Nähe eigentlich immer in den Entschuldigungsmodus?

Nun, immerhin stehe ich einen Tag vor Weihnachten unangemeldet bei meinem Kunden auf der Matte und sehe ihn durch meine Brille schmachtend an. Er muss mich doch glattweg für eine Irre halten. Doch was macht er? Er lächelt mich an. Auf eine so umwerfende Art und Weise, dass mein Unterleib freudig kribbelt und mein Höschen in Gefahr ist.

Puh. Hier drinnen ist es wirklich heiß. Und das liegt nicht nur an diesem Traumtypen direkt vor mir. Der Kamin knistert. *Oh, das helle Flackern sieht aus der Entfernung romantisch aus.* Wie magisch angezogen, möchte ich es unbedingt aus der Nähe betrachten und den zuckenden Flammen hinter der geschlossenen Glasplatte zusehen. Wie gemütlich es wohl wäre, eingekuschelt und mit einem Glas Rotwein das Feuer zu bewundern?

»Für was?«, fragt er mit leichter Verzögerung, während er mich einer weiteren sehr intensiven Musterung unterzieht, die mich wohlig erschaudern lässt.

Gerade wünsche ich mir nichts sehnlicher, als wieder von ihm in den Arm genommen zu werden. »Ja, also ...«, setze ich an und räuspere mich, um den Gedanken zu verdrängen. »Die Sache ist die ...«

Schmunzelnd kratzt er sich an der Stirn und verschränkt danach die Arme vor der Brust, wodurch sein Shirt seinen trainierten Brustkorb zusätzlich betont. Lässig lehnt er sich in dieser Pose gegen die Wand, an der in einer gläsernen Vitrine unzählige Modellautos stehen. Sind das Sammlerstücke? Er wird wohl kaum damit spielen, aber sie wecken mein Interesse. Ich liebe Oldtimer. Ob er einen besitzt?

»Ich will gar nicht lange stören«, druckse ich herum und wedle mit dem Umschlag hin und her. »Ich habe in einer der Einkaufstaschen etwas sehr Persönliches zurückgelassen.«

»Ich weiß ...«, antwortet er, und sein Schmunzeln

wird zu einem fetten Grinsen. »Dann waren der Wunschzettel und die bunten Socken, die eher für einen Clown geeignet wären, nicht für mich gedacht?«

O Gott, wie unangenehm. Hat sich das Leben gegen mich verschworen?

»Nein. Doch ... Ich meine, die Socken sind für Sie. Ich brauche nur ganz dringend den Wunschzettel zurück, den ich unbedingt noch einwerfen muss. Das hier ...«, ich reiche ihm das Kuvert, »ist der Umschlag, den Sie bekommen sollten.«

»Und wer soll Ihnen diese Wünsche erfüllen? Doch wohl nicht der Weihnachtsmann.« Seine Augen funkeln ebenso belustigt wie voller Mitgefühl. Seine Miene wirkt fast schon besorgt, und mein Magen schlägt angesichts dessen Purzelbäume.

Wenn er mir noch weitere Fragen stellt, stehe ich bei *Macy's* vor verschlossenen Türen. Für mehr, als sie am Weihnachtsmorgen über einer Kerze anzuzünden und dabei zuzusehen, wie meine Wünsche zu Asche zerbröseln, werde ich die Liste dann nicht mehr nutzen können. Und mein Weihnachtswunder kann ich dann wohl vergessen.

»Es wäre wirklich schön, wenn wir die Umschläge schnell tauschen, damit ich nicht zu spät komme«, erkläre ich und werfe ihm einen nervösen

Blick zu. Ich muss nicht auf die Uhr sehen, um zu wissen, dass meine Zeit knapp ist. Je länger ich hier herumstehe, umso unzulänglicher komme ich mir vor.

»So einfach ist das nicht.« Kopfschüttelnd stößt er sich von der Wand ab und geht in den Wohnbereich.

Verdattert schaue ich ihm hinterher. Was soll das jetzt? »Was ist nicht so einfach?«, rufe ich und beuge mich etwas nach vorn. Doch als ich um die Ecke linse, ist er wie vom Erdboden verschluckt.

Grrr. Ich habe keine Zeit für solche Spielchen. Gleichzeitig schleicht sich bei mir langsam das komische Gefühl ein, dass mein Verhalten total kindisch ist. Ich heule einer Liste hinterher. Andererseits ist sie momentan meine einzige, meine letzte Hoffnung, und ich will daran glauben, dass mich mein Glück nicht ganz verlassen hat.

»Sie bekommen den Umschlag erst, wenn Sie mir erklärt haben, weshalb Sie mir diese grässlichen Socken geliefert haben«, erklingt seine Stimme aus Richtung Wohnraum.

Mist.

Langsam trete ich näher und werde von der behaglichen Atmosphäre des Penthouse verschluckt. Nur der beleuchtete Küchenblock, das Kaminfeuer und ein Windlicht, in dem eine einsame Flamme tanzt, spenden dem großen Raum Licht. Die Wohnung ist wirklich traumhaft. Auch mein zweiter Besuch bestätigt mir das.

Nicolás lehnt lässig an der Kücheninsel und nippt an einem Glas mit bernsteinfarbener Flüssigkeit. Die Sicht auf sein seitliches Profil, die er mir dabei gewährt, lässt mich erneut ins Schwärmen geraten. Seine dunklen Haare liegen gänzlich ungestylt in locker-leichten natürlichen Wellen. Er wirkt entspannter als gestern. Nicht so unnahbar, viel freundlicher.

»Gefallen sie Ihnen nicht?«, frage ich und täusche die Ahnungslose vor. Ich gehe weiter auf ihn zu und bleibe ungefähr einen Meter vor ihm stehen.

Kurz huschen ein paar ernste Züge über sein Gesicht, als er mich ansieht. »Sind Sie der Meinung, dass mir so ein bunter Mix steht?«

Warum beantwortet er meine Frage nicht einfach, sondern zieht das Gespräch unnötig in die Länge? »Es kommt ganz darauf an, was man unternimmt. Es muss zur restlichen Kleidung passen.«

»Vielleicht hätte ich Ihnen doch meine Farbwünsche nennen oder Ihnen einen Einblick in meinen Kleiderschrank gewähren sollen. Ich besitze nichts, das dazu passt.«

Dann hat er die anderen Kleidungsstücke noch nicht entdeckt. Wenn ich mich jetzt aus dem Staub mache, könnte ich vermeiden, noch mehr in Erklärungsnot zu geraten. Denn Erklärungen wird er bestimmt verlangen. Mist.

»Wollen Sie Ihren Mantel etwa anbehalten? Schwitzen Sie nicht?« Seelenruhig mustert er mich von Kopf bis Fuß.

Und ob ich schwitze. Sehr sogar. Wegen der Wärme, wegen ihm und wegen dem, was mir blüht.

Das leise Zischen im Kamin durchbricht die Stille zwischen uns, während ich hilflos alle möglichen Ausreden stumm durchspiele. Doch mein sexy Auftraggeber macht es mir gewaltig schwer, überhaupt einen klaren Gedanken zu fassen.

Nach einem tiefen Atemzug wickle ich meinen Schal ab, öffne meinen Mantel und ziehe ihn zögernd aus. Nicolás streckt den Arm aus, um mir beides abzunehmen und an der Garderobe aufzuhängen. Er ist wirklich zuvorkommend.

»Danke«, sage ich und lasse mich zum zweiten Mal von der großen Panoramascheibe anziehen.

Einzelne Schneeflocken, die wie winzige Kristalle aussehen, setzen sich an die Scheibe, während weitere vom Wind getrieben durch die Luft tänzeln. Es beginnt tatsächlich zu schneien. Das ist wie Magie. Fasziniert verfolge ich das wunderschöne

Naturschauspiel in der Dunkelheit. Am liebsten würde ich die Flocken mit den Händen auffangen und zuschauen, wie sie auf meiner Haut schmelzen. Ich kann mich nicht sattsehen und mich beim besten Willen nicht von diesem Anblick losreißen. Für meinen Wunschzettel ist es ohnehin schon zu spät.

Nicolás

Mit dem Rücken zu mir steht sie schon wieder an meiner übergroßen Panoramascheibe und wirkt auf mich, als ob sie meilenweit in eine Traumwelt abgetaucht ist. Was fasziniert sie nur so? Mich reizt es, zu erfahren, wo sich diese befindet, um mit ihr gemeinsam an diesem Ort zu sein.

»Haben Sie ein Faible für Glasscheiben?«, frage ich leise, als ich neben sie trete. Erst jetzt sehe ich, dass Schneeflocken durch die Luft wirbeln und sich auf der Scheibe niederlassen.

Sie zuckt zusammen, dreht ihren Kopf in meine Richtung und blinzelt mich verlegen an. »In der Größe und Höhe irgendwie schon. Finden Sie den Ausblick von hier oben nicht wunderschön?«

Für einen winzigen Moment verspüre ich die große Sehnsucht, meinen Mund auf ihre Lippen zu pressen. Bevor ich jedoch einen Riesenfehler begehe, ziehe ich mich zurück und lasse diesen Gedanken schnell verstummen. »Doch.« Ich räuspere mich. »Mir fehlt einfach nur die Zeit dazu, ihn zu genießen.«

Ihr Lächeln erreicht ihre Augen heute nicht. Was ist passiert? Warum interessiert es mich überhaupt? Eigentlich müsste ich sauer sein, weil sie sich einen Spaß mit mir erlaubt hat. Aber die Punkte auf ihrem Wunschzettel schüren meine Neugierde und ich will mehr über sie erfahren.

»Es ist schrecklich, wenn man das wirklich Wichtige übersieht.«

Dich übersehe ich nicht. »Mag sein. Ich bin trotzdem glücklich.« Meine Antwort trieft vor purer Ironie. Glücklich bin ich nur, wenn ich andere Firmen in die Knie zwinge, um einen größtmöglichen Profit zu erzielen. Aber selbst ich weiß, dass das Leben viel zu kostbar dafür ist, um wie der monotone Roboter zu leben, zu dem ich geworden bin. Doch ich kann nicht aus meiner Haut. Schließlich ist die Branche hart. Nur die Schlusslichter zu sehen, war nie meine Intention. Der Erfolg ist wie eine Sucht, die ich stillen muss. Die reizende Schönheit vor mir erweckt jedoch zum ersten Mal noch ganz andere Sehnsüchte.

In diesem Augenblick verschwende ich keinen Gedanken daran, irgendwem die Firmenanteile abzukaufen oder neue Deals einzufädeln. Stattdessen mutiere ich zu einem notgeilen Gaffer. Ihre dunklen Haare werden durch das Feuer in ein aufregendes Kastanienrot getaucht. Ich mag ihre feinen Gesichtszüge und die vollen geschwungenen Lippen, die aussehen, als ob sie gemalt wurden, um meine Aufmerksamkeit zu erregen. Sie sind verboten sinnlich und laden dazu ein, von ihnen zu kosten. Hinter dem roten Brillengestell verstecken sich große schokoladenbraune Augen, in denen ich versinken könnte. Umrahmt werden sie von langen dichten Wimpern, die denselben Farbton wie ihre Augenbrauen haben. Ihr Körper wird von der figurbetonten Winterkleidung perfekt in Szene gesetzt. Sie ist die reinste Sünde und bringt mich in große Schwierigkeiten.

»Wirklich?« Mit ihrem Einwand holt sie mich ins Hier und Jetzt zurück. »Sehen Sie nur das Lichtermeer,« fordert sie mich auf, nach draußen zu sehen und deutet mit ihrem Finger auf einen Punkt in der Ferne. »Das Funkeln in den Bäumen, das von hier oben wie feinster Glitzerstaub aussieht, und die hell erleuchteten Fenster auf der gegenüberliegenden Straßenseite. Die Sirenen, die man sonst ständig wahrnimmt, werden ausgesperrt. Es ist so leise. New York scheint stillzustehen. Das hätte ich nie für möglich gehalten.« In ihrer Erklärung schwingt eine unaufhaltsam gefühlvolle Sehnsucht mit, die mich nachdenklich stimmt. »Fast schon beunruhigend, und dennoch spüre ich seit gestern zum ersten Mal, dass das Fest der Liebe nicht mehr weit ist. Obwohl mich vieles davon abhält, es zuzulassen.« Sie strafft ihre Schultern, räuspert sich, legt ihren Kopf in den Nacken und schaut in den dunklen Himmel, der mit wild umhertanzenden Schneeflocken durchzogen ist. »Danke, dass ich die Schönheit der Stadt von hier oben genießen durfte.«

Ihre letzten Worte versinken in Melancholie, und das Gefühl, sie in den Arm nehmen zu wollen, ist auf einmal präsenter denn je. Dennoch rufe ich mir schnell in Erinnerung, dass ich damit eine Grenze überschreiten und mich in eine verzwickte Lage bringen würde. Personalshopperin vom Auftraggeber verführt. Ich sehe die Schlagzeilen schon vor mir, und meine Karriere würde im Nullkommanichts den Bach runtergehen. Also zwinge ich mich, meine Gefühle hinten anzustellen, und widme mich dem Klamottenberg.

Tief seufzend kehrt sie der Fensterfront den Rücken und nimmt die Kleidung auf der Couch so wie ich ins Visier. »Wir sollten die letzten Tüten gemeinsam öffnen.« Schief grinsend sieht sie mich an. »Dann können Sie mich verfluchen und wild beschimpfen. Danach werde ich die nicht benötigten

Kleidungsstücke einsammeln und wieder verschwinden, ehe sich draußen eine dicke Schneeschicht bildet und das Wetterchaos den Verkehr in ganz Manhattan lahmlegt.«

»Werde ich Sie verfluchen?«, hake ich nach und versuche, ihr dabei nicht in die Augen zu sehen. Ein Vorhaben, das zum Scheitern verurteilt ist, als sie sich zu mir umdreht. Sie ziehen mich magisch an.

Sie zuckt mit der Schulter und ich verringere den Abstand zwischen uns. »Kommt darauf an, wie viel Spaß Sie verstehen. Die Socken gefallen Ihnen ja schon mal nicht.«

Lächelnd legt sie den Kopf in den Nacken, um mich anzusehen, und ich muss mich schwer beherrschen, meine Hände nicht auf ihren Hüften abzulegen und sie an mich zu ziehen.

Es ist hart, es zu wollen, es aber nicht zu tun.

Stattdessen frage ich: »Möchten Sie etwas trinken?« Was Dümmeres ist mir nicht eingefallen. Damit ziehe ich dieses Aufeinandertreffen schließlich nur unnötig in die Länge.

»Hm ... einen Rotwein. Wenn Sie den dahaben«, antwortet sie, als sie sich nach vorn beugt, um die Kleidungsstücke ordentlich auszubreiten.

Warum will sie einen Wein trinken? Der ist doch gar nicht so unverfänglich wie das Wasser gestern.

»Sehr gern«, entgegne ich und fliehe regelrecht

vor ihr in den Küchenbereich, um etwas Distanz zwischen uns zu bringen.

Dort ziehe ich aus dem integrierten Weinkühlschrank eine Flasche *Tempranillo* hervor und stelle sie viel zu schwungvoll auf der Natursteinplatte ab. Das klirrende Geräusch hallt durch den Raum und Arianas Kopf schnellt in meine Richtung.

»Alles gut?«, möchte sie wissen.

Nichts ist gut. Trotzdem nicke ich und kann meinen Blick kaum von ihr abwenden, als ich den Wein mit dem Sommeliermesser gekonnt entkorke, während ich sie dabei beobachte, wie sie mit der flachen Hand über den Baumwollstoff streicht und ein Oberteil faltet.

Herrgott. Wieso finde ich das jetzt bloß erotisch?

Ich schüttle den Kopf und widme mich der Vitrine, in der die Weingläser stehen, nehme eins der bauchigen Gläser heraus und befülle es mit der tiefroten Flüssigkeit. Kurz schwenke ich das Glas ein paar Mal im Kreis, ehe ich mit diesem und meinem angetrunkenen Glas Whisky in den Händen zurück zur Couch gehe.

»Haben Sie jetzt etwa alles gefaltet und sortiert?«, frage ich. Ich reiche ihr das Weinglas, das sie mir dankend abnimmt.

»Ja.« Zur Bestätigung nickt sie. »So haben Sie einen viel besseren Überblick, was Ihnen gefällt. In dem Chaos haben Sie bestimmt das eine oder andere Teil übersehen.«

Sie überrascht mich. Aber eigentlich sollte sie das nicht. Und trotzdem heben sich meine Mundwinkel zu einem schiefen Grinsen und ich stoße mein Glas gegen ihres. »Auf ihre Fähigkeiten als Personalshopperin. Ich bin sehr gespannt, was mich nach den Socken noch so erwartet.«

Genüsslich genehmige ich mir einen Schluck und sehe dabei zu, wie sie an ihrem Wein nippt. Sie schließt die Augen und leckt sich über die Lippen. Fasziniert starre ich ihr auf den Mund. Sogar ihr beim Trinken zuzusehen ist das reinste Vergnügen.

Mit der rechten Hand umklammere ich das Whiskyglas und deute mit ausgestrecktem Zeigefinger auf die restlichen Tüten. »Los. Fangen Sie an«, fordere ich sie auf, mache es mir auf der Couch gemütlich und lege einen Arm relaxt auf der Lehne ab.

Mit weit aufgerissenen Augen sieht sie mich an und dreht das Glas nervös zwischen ihren Fingern. »Äh ...« Sie hält inne. »Womit?«

»Mit der Vorführung.«

»Mit der Vorführung?« Ihr Mund klappt auf, und beim nächsten Wimpernschlag presst sie ihre Lippen zusammen.

Ich lache. »Keine Angst, Sie müssen die Sachen

dazu nicht anziehen. Es reicht, wenn Sie den Inhalt der Taschen herausziehen und hochhalten, damit ich einen Überblick habe.«

»Okay, das lässt sich einrichten«, sagt sie, nimmt noch einen großzügigen Schluck vom Wein und stellt das Glas auf dem Tisch ab. Danach holt sie die Einkaufstüten, die am anderen Ende der Couch stehen und legt sie neben sich ab, ehe sie sich hinsetzt.

Sie beißt sich auf die Lippe, als sie in die erste der Taschen hineinsieht, und ich platze vor Neugierde.

»Also ...« Langsam zieht sie ein schmales und ebenso auffälliges Stoffstück aus der knisternden Tüte. »Die würde Ihnen doch ausgezeichnet stehen.«

»Superman? Echt jetzt?« Schmunzelnd beuge ich mich nach vorn und nehme ihr die Krawatte ab. Unglaublich. Superman. Ich schüttle den Kopf, als ich das Teil betrachte.

»Warum nicht? Ich finde, sie passt hervorragend zu dem schönen Blauton ihrer Augen.« Sie grinst verschmitzt.

Der Stoff gleitet mir durch die Hände und für ein paar Atemzüge verfangen sich unsere Blicke. *Was hat sie gesagt?* Schöner Blauton.

Doch lange hält unser Blickduell nicht an. Sie weicht mir aus, schaut zu Boden und nestelt nervös an der Tüte herum. Was mich nicht davon abhält, ein bisschen nachzubohren. »Schöner Blauton also …«

»Ja.« Sie zuckt mit der Schulter und starrt verlegen in die Tüte. »Hat Ihnen das noch niemand gesagt?«, erkundigt sie sich und versucht, die Frage möglichst beiläufig klingen zu lassen. Doch sie scheitert gnadenlos. Ihr Verhalten deutet nämlich eindeutig darauf hin, dass sie ihr Kompliment lieber zurücknehmen würde, als es noch einmal zu wiederholen.

»Nein«, sage ich und sie schaut mich endlich wieder an, als ich mir mit einer Hand durchs Haar streiche. »Für gewöhnlich legen meine Gesprächspartner viel Wert auf mein selbstsicheres Auftreten, weil sie glauben, davon zu profitieren. Na ja, und meine Ex stand eher auf mein prall gefülltes Bankkonto als auf den Farbton meiner Augen.«

»Schade, ... dann bin ich wohl die Erste«, sagt Ariana mehr zu sich selbst.

Aber ich habe ihre Worte gehört und genieße es immer mehr, dass sie völlig unerwartet bei mir aufgetaucht ist.

Sie nippt an ihrem Wein, während ihr Blick verträumt durch den Wohnraum wandert. Ich ergreife die Initiative, indem ich nach der Einkaufstasche angle, um den Inhalt zu durchstöbern.

Ich halte inne, als ich ein knallgelbes Teil entdecke. Was ist das? Mit zwei Fingern ziehe ich eine eng anliegende Boxershorts mit witzigen Emojis heraus.

Was hat sie dazu bewegt, so eine Auswahl zu treffen? Ich hätte sie liebend gern dabei beobachtet, wie sie die Kleidungsstücke in den Taschen verschwinden ließ. Denn mich erheitert dieser Shoppingfundus sehr, und ich wette, sie hatte beim Aussuchen ähnlich viel Spaß.

Lachend werfe ich Ariana die hässliche Unterhose in den Schoß. »Und was ist das Scheußliches?«, rufe ich.

Ihre Augen weiten sich angesichts meines gezielten Wurfes und meiner Worte. Doch ihre Lippen ziert ein losgelöstes Lächeln.

»Verdammt sexy, nicht wahr?« Ihre Stimme wird von einem lauten Glucksen erstickt.

»Beißt sich das Gelb nicht mit meinen hübschen Augen?«, ziehe ich sie auf und drehe gleichzeitig die Tasche um, sodass die restliche Kleidung aus der Öffnung auf die Couch fällt.

Ihr Lachanfall ebbt ab und dennoch leuchten ihre Augen vergnügt, als sie mich ansieht. »Ich habe gesagt, der Blauton ist schön. Ich habe nicht hübsch gesagt.«

»Ist das nicht dasselbe?«, kontere ich herausfordernd.

»Sollten Sie nicht am besten darüber Bescheid wissen, dass ein Wort nicht automatisch etwas anderes bedeutet?«

Ich mag ihren scharfsinnigen Humor und gleichzeitig ihre Schüchternheit, wenn ich sie in Verlegenheit bringe.

Jedes Mal driften unsere Gespräche ab, wir sehen uns an und beginnen ein neues Thema. Es fühlt sich noch nicht mal seltsam an. Es ist schön, so ungezwungen zu sein. Und für mich ist es eine Premiere, ausnahmsweise nicht ständig am Telefon zu hängen, um zu bluffen oder irgendwem Honig um den Bart zu schmieren, um die Wahrheit herauszukitzeln, die für erfolgreiche Deals unumgänglich ist.

»Scheiße!«, ruft sie plötzlich, springt wie von der Tarantel gestochen vom Sofa auf und rennt zum Fenster. »Scheiße!«, flucht sie ein weiteres Mal.

Beunruhigt folge ich ihr. »Was ist los?«

»Der Schnee ...« Seufzend lässt sie ihren Kopf hängen und schlägt sich die Hand vor den Mund.

Als ich neben ihr stehe, erkenne ich, dass der leichte Schneefall von eben in einen ausgewachsenen Schneesturm übergegangen ist. Gebannt verfolge ich, wie die dicken Flocken vor der Fensterfront umherwirbeln und sich in beeindruckender Geschwindigkeit wie eine dicke Puderzuckerschicht über die Stadt legen. »Der Traum von weißen Weihnachten wird dieses Jahr wohl für alle in Erfüllung gehen, nicht wahr?«, versuche ich die plötzlich gedrückte Stimmung aufzulockern.

Arianas fassungsloser Gesichtsausdruck und ihre herabsinkenden Mundwinkel lassen mich jedoch verstummen.

»Habe ich etwas Falsches gesagt?«, erkundige ich mich vorsichtig.

»Nein.« Sie schüttelt den Kopf. »Ich muss los ...«, sagt sie und will sich von mir abwenden.

Doch ich stoppe sie in ihrer Bewegung, indem ich sie an der Schulter berühre. »Sie sind mir noch eine Erklärung schuldig«, erinnere ich sie an ihre extravagante Ausbeute. »Und außerdem möchte ich zu gern wissen, warum Sie unbedingt diese Wünsche auf Ihrem Wunschzettel erfüllt haben wollen.«

Mir ist jedes Mittel recht, um sie aufzuhalten. Ich will nicht, dass sie geht.

»Können wir das nicht verschieben? Die Wetterlage spitzt sich gerade zu. Die Wetterprognosen haben sich bestätigt, und wenn ich meine Wohnung heute noch wohlbehalten erreichen will, dann muss ich jetzt gehen.«

Unbewusst lasse ich meinen Daumen auf Höhe ihres Schlüsselbeins über den weichen Stoff ihres Oberteils kreisen und halte erst inne, als sie auf meine Finger starrt. *Perfekt, Navarro. Jetzt bist du wegen sexueller Belästigung dran und wanderst in den Knast.*

Erschrocken lasse ich meine Hand sinken und weiche zurück. »Entschuldige.« Habe ich sie jetzt geduzt?

Seufzend rollt sie mit den Augen und grinst mich an. Natürlich hat sie meine persönliche Formulierung nicht überhört. »Nicolás, ich würde alles dafür geben, um hierzubleiben. Der Abend ist wider Erwarten schön.« Sie blickt auf die Uhr. »Für etwas weniger als eine Stunde konnte ich meine Probleme ausblenden. Ich mag deine Gesellschaft. Ich liebe deine traumhafte Wohnung und diesen wunderschönen Ausblick. Schön, nicht hübsch, versteh mich bitte richtig.« Sie zwinkert mir zu, bevor ihr bedrückter Blick zurückkehrt und sich ein gequältes Lächeln auf ihren Lippen abzeichnet. »Aber mein Leben ist sowieso schon kompliziert genug. Für lebensgefährliche Nachhausewege ist da kein Platz. Ein gebrochenes Bein ist das Letzte, was ich zusätzlich zu der aussichtslosen Wohnungssuche noch gebrauchen kann.«

»Dann bleib …«, höre ich mich selbst sagen. Oder habe ich das nur gedacht? Betrunken bin ich nicht, und ich bin auch der Meinung, immer noch Herr meiner Sinne zu sein. Also, was tue ich hier?

Ich muss mir eingestehen, dass ich ihre Gesellschaft genieße. Ich habe mich lange nicht mehr so unbeschwert gefühlt und hatte seit Ewigkeiten nicht solchen Spaß wie in der letzten Stunde mit ihr.

Mit weit aufgerissenen Augen und offenem Mund starrt sie mich an. »Äh ... Was hast du gesagt?«

»Ich sagte: Dann bleib«, wiederhole ich. Ein zweites Mal ausgesprochen hört sich mein Vorschlag gar nicht mehr so abwegig an.

»Hast du keine Weihnachtspläne?« Hektisch schnappt sie nach Luft.

»Nein.«

Wild gestikulierend setzt sie sich in Bewegung und läuft vor dem Kamin auf und ab. »Du willst mich veräppeln, oder?« Sie hält inne und starrt mich an. »Solche Späße sind nichts für mich. Für niemanden. Hörst du? Ich bin eine Träumerin und hatte die bescheuerte Idee, dass sich vielleicht einer meiner Wünsche erfüllen würde, wenn ich sie auf diese Liste schreibe. Und nun ziehst du mich auf.«

Ich gehe auf sie zu, um sie zu beruhigen. Ich will nicht, dass sie ausflippt. Ich mag ihr Temperament, keine Frage. Aber gerade bemerke ich, wie durcheinander ich sie mit diesen zwei Worten gemacht habe.

»Hat sich dein Problem mit der Wohnungssuche mittlerweile geklärt?«, will ich wissen. Obwohl ich für meine Kaltherzigkeit bekannt bin und mir das Wohlergehen anderer Menschen in erster Linie am Arsch vorbeigeht, weiche ich in ihrem Fall von meinen harten Vorsätzen ab und öffne mein Herz. Sie berührt irgendwas in mir, das diese ungewohnte Seite an mir hervorkitzelt.

»Nein.« Sie schüttelt den Kopf und wirkt für meinen Geschmack wieder viel zu aufgelöst, fast wie bei unserer ersten Begegnung. »Die Alternativen endeten auch in einer Sackgasse. Das Schlimme ist: Spätestens in einer Woche muss ich etwas Neues gefunden haben, sonst stehe ich Neujahr mit Sack und Pack auf der Straße. Das bereitet mir große Sorgen.«

Während sie tief Luft holt und ratlos die Schultern hängen lässt, entwickelt sich aus meinem spontanen Vorschlag eine brillante Idee. »Weihnachten ist doch dazu da, um Freude zu schenken. Richtig?«

»Worauf willst du hinaus?« Nervös knibbelt sie an ihren Nägeln und sieht mich abwartend an.

»Wie du ja weißt, stecke ich gerade ebenfalls in einer vorübergehenden Zwickmühle.« Vielsagend wackle ich mit den Augenbrauen und zupfe lässig an meinem Shirt. »Ich schlage also Folgendes vor: Du kannst so lange in mein Gästezimmer einziehen, bis du eine hübsche Wohnung gefunden hast, im Gegenzug kümmerst du dich um mein Wohlergehen.«

Abwehrend hebt sie die Hände und kräuselt ihre schmale Nase. »Um Gottes willen, redest du von Sex?«

Ich lache und werfe den Kopf in den Nacken. »Hältst du mich für so notgeil? Wenn, dann würde ich das Thema subtiler angehen. Ich meinte eigentlich das Problem mit meiner Haushälterin. Aber wenn das für dich zu weit geht, dann vergiss, was ich gesagt habe.«

Vielleicht hätte ich meinen Vorschlag geschickter formulieren sollen. Aber in ihrer Nähe fällt mir das schwer, da sich in meinem Kopf alle möglichen Gedankengänge miteinander vermischen.

»Was dann?« Verwirrt sieht sie mich an und beißt nervös auf ihrer Unterlippe herum. »Soll ich deine Haushälterin mit gewissen Vorzügen sein?«

»Nur meine Haushälterin, ohne Vorzüge«, erkläre ich seelenruhig, obwohl ich mir ihrer weiblichen Vorzüge sehr bewusst bin.

»Und ich kann hier wirklich so lange wohnen, bis ich etwas Passendes gefunden habe?«, hakt sie nach, während in ihren Augen ein interessiertes Funkeln aufleuchtet.

In diesem Moment wird mir klar, wie prekär ihre Lage sein muss und welche Auswirkungen dieser Lichtblick für sie hat. Ihre Erleichterung ist nicht zu übersehen und die Freude darüber sprudelt ungefiltert aus ihr hinaus.

»Ja«, bestätige ich mit einem Nicken. »Du schmeißt den Haushalt, und im Gegenzug ist die Panoramascheibe Tag und Nacht für dich reserviert. Klingt das nicht verlockend?« Ich höre mich an wie ein Makler, der eine Schrottimmobilie loswerden will. Dabei stelle ich nur fest, dass sie mir die Zeit mit ihrer Anwesenheit ebenso versüßt, wie sie in den Genuss aller Annehmlichkeiten meines luxuriösen Penthouse kommt.

»O Gott. Du rettest mir damit gerade Weihnachten und mein Leben. Warte.« Sie hält inne und formt ihre Augen zu Schlitzen. »Dabei muss es doch einen Haken geben?«

Ja, der Haken ist, dass ich mich stark zusammenreißen muss, dir nicht an die Wäsche zu wollen. Aber das ist mein Problem. Ich räuspere mich. »Nö, es gibt keinen Haken. Es sei denn, du sagst mir jetzt, dass du Katzen hast, die mit einziehen würden. Dann wird aus unserem Deal leider nichts.«

Sie kreischt, hüpft auf und ab und springt mir in die Arme. »Nicolás, ich habe keine Katzen. Es gibt nur mich und meinen vollgepackten Kleiderschrank«, sagt sie atemlos, während sie mich umarmt und ihre Wange an meiner liegt. »Ich danke dir von Herzen. Du rettest damit wirklich mein Leben.«

Und du meins. Zumindest wird es für einen absehbaren Zeitraum wieder etwas bunter und lebendiger sein. Denn ihre Gegenwart entspannt mich mehr, als der samtige Whisky es je könnte. Und als kleiner Bonus obendrauf bleibt mir das Haushaltschaos vorerst erspart.

Meine Güte, duftet sie gut. Am liebsten würde ich noch einen tiefen Atemzug inhalieren, aber sie zieht sich wieder zurück.

»Entschuldige. Aber ich dachte, mein Weihnachtszauber würde darin bestehen, dass ich tagtäglich den funkelnden Stern an der 5th Avenue sehnsüchtig bewundere und darauf hoffe, dass er mir neues Leben einhaucht.« Ihre Augen glitzern vor Freude, als sie sich mit ausgebreiteten Armen im Kreis zu drehen beginnt.

Sie hat ja absolut keine Ahnung, dass sie viel heller leuchtet als der Stern an der 5th Ave und mir gerade neues Leben einhaucht.

Kapitel Vier

ARIANA

O nein. Ich kann das immer noch nicht glauben. Hat er mir das wirklich vorgeschlagen und ich bin ihm dafür in die Arme gefallen?

»Ariana«, ermahne ich mich beim Blick auf meine weit aufgerissenen Augen im Spiegel mit geschürzten Lippen.

Was tust du nur?

Er ist ein Fremder.

Ein Wildfremder, und ein attraktiver noch dazu. Du kennst ihn nicht und alles, was er ausstrahlt, sollte dich davon abhalten, eine Dummheit zu begehen.

Kopfschüttelnd halte ich die Hände unter das fließend kalte Wasser und wasche mir die Seifenreste ab, während ich mein Spiegelbild unschlüssig anstarre.

Mit seinem märchenhaften Deal rettet er mir

meinen Hintern. Doch soll ich wirklich darauf eingehen? Andererseits ... bleibt mir keine andere Wahl, als seinem Vorschlag zuzustimmen. Mir rennt schließlich die Zeit davon.

Als ich den Wasserhahn abdrehe und nach dem Handtuch greifen will, flackert die integrierte Deckenbeleuchtung mit einem lauten Surren. Kurz darauf verstummt das Geräusch und um mich herum ist alles finster und totenstill.

Stocksteif und wie festgefroren stehe ich da und blinzle gegen die Dunkelheit an. Erfolglos. Vorsichtig taste ich mich am Waschbecken entlang, um meine nassen Hände abzutrocknen und suche blind nach dem Lichtschalter. Doch ich irre im Dunklen.

Meine Güte, die Probleme wollen aber auch nicht abreißen. Warum holt mich jetzt die Finsternis ein? Vor ein paar Minuten gab es doch noch erste Lichtblicke. Ist das ein Zeichen, dass ich Nicolás Angebot nicht annehmen sollte?

»Ariana?«, vernehme ich seine Stimme gedämpft durch die Badezimmertür.

Seine Anwesenheit lässt mich aufatmen. Ich werde befreit. Nicht dass ich Angst verspüre, aber momentan bringen mich unerwartete Veränderungen sehr aus der Fassung. Es waren zu viele in letzter Zeit.

»Ja«, wispere ich und fahre mit der Handfläche

am Rahmen und der Holztür entlang, ehe ich den Drehknopf betätige und in den dunklen Flur trete, wo mich Nicolás mit einem flackernden Windlicht in der Hand empfängt. Fast romantisch, wenn wir unter anderen Umständen aufeinandertreffen würden.

Seine attraktiven Gesichtszüge werden von der brennenden Kerze angestrahlt und mich durchzuckt ein wohliges Gefühl, das allerdings in die entgegengesetzte Richtung umschlägt, als ich den ebenfalls stockdunklen Wohnbereich ausmache, in dem nur noch die Flammen des Kamins zucken.

»Was ist passiert?«, frage ich und dränge mich an ihm vorbei.

»Ich tippe auf einen weitreichenden Stromausfall. Sieh nur, die ganze Stadt liegt im Dunklen.«

Gehetzt blicke ich mich um, und wieder erstrahlt zwischen uns das winzige Licht in dem sandgefüllten Glasbehälter.

»Der Strom ... ist ... ausge... fallen«, stottere ich, und zum wiederholten Male dreht sich das Universum um mich herum im Kreis.

Nicolás zuckt mit den Schultern. »Vermutlich. Sonst würde Manhattan ja nicht vollkommen in Dunkelheit getaucht sein.«

Will er mich jetzt vorführen, oder warum sieht er mich derart breit grinsend an? Ich stehe neben mir und er hat nichts Besseres zu tun, als sich über mich lustig zu machen. Unglaublich.

»Findest du das amüsant?«, fahre ich ihn scharf an und kann meine Verärgerung, die vor allem meiner allgemeinen Verunsicherung geschuldet ist, nicht unterdrücken.

»Nein. Es ist nur so ...«, erklärt er mit ruhiger Stimme, während er meine Hand nimmt, mich zu meinem Lieblingsplatz – der überbreiten Fensterfront – führt und mein Herzschlag sich langsam beruhigt. »Jetzt bleibt dir sowieso nichts anderes mehr übrig, als hier bei mir zu übernachten, weil Manhattan stillsteht.«

Angestrengt versuche ich, in dem Schneegestöber etwas zu erkennen. Doch die Sicht ist durch das starke Schneetreiben und die endlose Finsternis beinahe gleich null.

Herrje. Das angekündigte Jahrhundertunwetter hat New York erreicht. Ausgerechnet in dem Jahr, in dem sowieso schon alles schiefgelaufen ist, was nur schiefgehen konnte, meint der Wettergott auch noch, alle Register ziehen zu müssen. Denn aus den Überlegungen, ein paar der wichtigsten Sachen aus meiner Wohnung zu holen, wird nun nichts mehr. Das Pech verfolgt mich auf Schritt und Tritt. Obwohl man vermutlich nicht von Pech sprechen kann, wenn man mit einem unverschämt attraktiven Kerl, der mit ein paar Abstrichen Traummann-Attribute besitzt, in seinem luxuriösen Penthouse eingeschneit wird. Die Vorteile überwiegen die Nachteile eindeutig, insbesondere im Vergleich dazu, welche Pluspunkte mein winziges Appartement erzielen würde. Die Auswertung wäre eindeutig: durchgefallen.

Trotzdem geistern alle möglichen Szenarien durch meinen Kopf und ich atme verzweifelt gegen das aufkeimende Unbehagen an. Meine Leichtgläubigkeit hat mir in der Vergangenheit einige Probleme eingehandelt. Und ich habe mir geschworen, dass ich mich nie wieder leichtsinnig in Schwierigkeiten bringe. In dieser Situation habe ich wohl dank der Naturgewalten kein Mitspracherecht. Zumindest kann ich das als Entschuldigung für alle unbekannten Konsequenzen vorschieben und meinen Umstand vielleicht doch eher eigennützig sehen. Schließlich erwartet er von mir auch eine Gegenleistung für meine kostenfreie Luxus-Behausung.

»Komm! Lass uns noch ein paar Kerzen anzünden. Irgendwo in der Küche müssten noch welche zu finden sein. Du müsstest mir nur helfen.«

Mit mir im Schlepptau durchquert Nicolás den Wohnbereich, öffnet eine schmale Tür neben der schwarzen Einbauküche und zieht mich in den Raum hinein. Wir stehen in einer winzigen Abstellkammer, die um ein paar zusätzliche Quadratmeter kleiner wirkt, als er meine Schulter streift und ich seinen frischen Geruch einatme.

Mmh. Himmlisch, schwärme ich stumm, als sein männlicher Duft meine Sinne flutet. Meine innere Göttin führt angesichts dessen einen Freudentanz auf, und einen Moment lang verliere ich mich in diesem knisternden Augenblick. Ich merke, wie meine Anspannung langsam von mir weicht und der Erleichterung darüber Platz macht, das draußen tobende Wetterchaos nicht allein durchstehen zu müssen. Die in mir schwelende Angst verflüchtigt sich.

Als er mir das Windlicht in die Hand drückt und sich unsere Fingerspitzen dabei flüchtig berühren, stellen sich die Härchen auf meinen Armen auf und meine Göttin beginnt vollständig auszurasten. Eigentlich sollte ich instinktiv den Blick von ihm abwenden, aber es gelingt mir nicht. Stattdessen verfolge ich gebannt jede seiner Bewegungen.

Vorsichtig zieht er einen Karton aus dem obersten Fach des an der Wand angebrachten Regals, wobei sein Shirt ein Stück nach oben rutscht und einen Streifen seiner Haut entblößt. Der Drang, meine Finger nach ihm auszustrecken und ihn zu berühren, wächst. Leider ist das Licht zu schummrig und der Moment zu kurz, um meine Gedanken weiter zu verfolgen. Vielleicht wird mein Aufenthalt doch viel eigennütziger, als er sein sollte.

Nicolás

Das Feuer knistert im Kamin, auf dem Tisch flackern drei Kerzen. Der Inhalt der Einkaufstüten liegt immer noch verstreut neben uns auf der Couch verteilt, die behagliche Dämmerung lässt unser Zusammentreffen jedoch eher wie ein Date als wie ein geschäftliches Zusammentreffen wirken.

Ariana hat es sich mir gegenüber mit schräg angewinkelten Beinen gemütlich gemacht. Während sie in der linken Hand ein Glas Rotwein schwenkt und mit der rechten Hand knisternd in eine Tüte Cracker greift, die an ihrem Oberschenkel lehnt, redet sie sich mit vollem Mund ihren Frust von der Seele. Bildschön. Ihr Ex weiß nicht, was ihm entgeht. Schwachkopf.

Ihre Brille steckt schief in ihrem Haar, als ich sie ungeniert über den Rand des Whiskyglases beobachte. Zu Weihnachten habe ich mir die letzten Jahre nie etwas gewünscht. Warum auch, ich habe ja alles. Dachte ich zumindest. Jetzt allerdings würde ich auf meinem Wunschzettel ein einziges Wort notieren: Ariana.

Sie lacht und leckt sich die salzigen Krümel von den Fingern. Mehr als eine Tüte Salzcracker wird es für sie zum Abendessen nicht geben. Die Auswahl an Speisen ist begrenzt. Die Kekse, Salzbrezeln, Nüsse, Gewürzgurken, Würstchen, Müsliriegel, Haferflocken und Pralinen, die wir zusätzlich in der Abstellkammer finden konnten, müssen wir uns an den anderen Tagen teilen. Klingt nach einem sonderbar perfekten Weihnachtsdinner.

Leider habe ich keinen blassen Schimmer, wann der Strom wieder eingeschaltet wird und die Schneeverwehungen ein Ende nehmen. Ob das in den nächsten Minuten oder Stunden passiert, weiß nur der Himmel, der zumindest aktuell unaufhörlich neuen Pulverschnee zu Boden schickt. Deshalb müssen wir mit den Vorräten sparsam umgehen und uns für das Schlimmste wappnen.

»Was würdest du tun, wenn du in meiner Lage wärst?«, fragt sie, ehe sie von einem weiteren Cracker ein Stück abbeißt. »Würdest du dein, äh, also ich meine, mein Angebot annehmen, wenn du ich wärst?«, nuschelt sie, legt ihren Kopf schräg und sieht mich neugierig an.

Hat sie einen Schwips? Auch wenn ihr aufgeschlosseneres Verhalten dem Alkohol geschuldet ist, zieht mich ihre hinreißende Art wahnsinnig an.

Ich stelle mein Glas auf dem Oberschenkel ab, räuspere mich und drehe es zwischen Daumen und Zeigefinger hin und her, ehe ich reagiere. »Eine Situation kann gar nicht aussichtslos genug sein, um mit mir einen Deal zu schließen«, erkläre ich, um einen temperamentvollen Ausbruch zu provozieren.

»Deine Antwort ist überhaupt nicht witzig, Nicolás. Weißt du das?« Verärgert schnalzt sie mit der Zunge, während ich ihre Reaktion genieße. »Eigentlich wollte ich wissen, ob du dir selbst über den Weg trauen würdest, dich in meiner Nähe aufzuhalten.«

Aha. Sie hat Angst. Ihr Verhalten amüsiert mich. »Warum sollte ich mir nicht trauen?«, stelle ich die Gegenfrage und ernte dafür ein Augenrollen, das von einem Schnaufen untermalt wird. Sie ist süß, wenn sie sich aufregt. Unser kleiner Schlagabtausch gefällt mir.

»Vergiss meine Frage«, wirft sie ein und verzieht ihre Lippen zu einem schmalen Strich. »Du wolltest wissen, wieso ich diesen wahnwitzigen Wunschzettel aufgesetzt habe, stimmts?« Seufzend sinkt sie in die Kissen und nippt an ihrem Wein.

Warum gibt sie so schnell auf? »Nein. Ich traue mir nicht«, gebe ich zu und greife ihre Ursprungsfrage wieder auf, weil es mich in den Fingern juckt zu erfahren, wohin dieses Gespräch führt. In Eile sind wir nicht. Die gesamte Nacht liegt vor uns und ich weiß jetzt schon, dass ich kein Auge zutun werde. Weil Ariana nur zwei Türen weiter in meinem Gästezimmer schläft.

Obwohl sie mir exakt die Frage gestellt hat, die ich ihr wahrheitsgemäß beantwortet habe, wirkt sie irritiert. Gleichzeitig ist da irgendetwas in ihrem Blick, das ich nicht deuten kann. Ist es Neugierde? Oder Sehnsucht? Was es auch ist, sie möchte es nicht zulassen, weil ihr Leben kompliziert genug ist.

Der Alkohol hat ihre Zunge gelockert. Sie ist in ausgelassener Plauderstimmung. Sie kommt zwei Schritte auf mich zu, doch sobald ich Anstalten mache, mich ihr zu öffnen, zieht sie sich zurück. Wir treten auf der Stelle und kehren befangen zurück zu unseren Begrüßungsfloskeln zwischen Tür und Angel.

In Dauerschleife versuche ich zu ergründen, warum ich mir darüber überhaupt Gedanken mache.

Es ist ein seltsames Gefühl, mich mal nicht mit konkurrenzorientierten Unternehmensstrategien und

Anlagemöglichkeiten auseinanderzusetzen, sondern mich derart intensiv mit den Charaktereigenschaften einer Frau zu beschäftigen.

»Warum?«, möchte sie von mir wissen und lässt sich darauf ein, unser Gespräch zu vertiefen, statt sich erneut zu verschließen. Interessant.

»Weil ich mich zu dir hingezogen fühle und ich weiß, dass ich nicht der für dich sein kann, den du brauchst.« Mit meiner Antwort gebe ich viel zu viel von mir preis. Und mir ist klar, dass ich ihr ein erbärmliches Bild von mir präsentiere, aber es ist die Wahrheit. Ich bin beziehungsunfähig. Für mehr taugt mein karriereorientiertes Leben nicht. In diesem ist nämlich nur Platz für mich und mein Ego. Normalerweise.

Sie schluckt schwer und wirft mir wieder diesen verträumten Blick zu, der mich alle guten Vorsätze vergessen lässt und mich in Versuchung führt, den egoistischen Teil von mir gewinnen zu lassen und mich ausgiebig mit ihr zu vergnügen. Aber da spricht so viel dagegen.

Nachdem sie sich gefangen hat, beginnt sie zu lächeln. »Weißt du, ich glaube, dass ich momentan selbst nicht weiß, was ich brauche. Aber eins habe ich in den letzten Tagen gelernt. Ich sollte endlich mal anfangen, an mich zu denken.«

Ob sie mir das auch ohne ihre vom Wein gelockerte Zunge anvertraut hätte, ist für mich schwer einzuschätzen. Ihre Offenheit sorgt jedenfalls dafür, dass ich mich ihr gegenüber – meinem Egoismus zum Trotz und entgegen meiner Regel – wie ein Gentleman verhalte, auf sie eingehen und sie fragen würde, wie sie es will.

Üblicherweise nehme ich mir das, was zu meinem Vergnügen dient – natürlich einvernehmlich –, und bisher hat sich noch keine darüber beklagt. Diese Erkenntnis verwirrt mich sehr. Irgendwann werde ich noch herausfinden, warum sie so einen intensiven Eindruck bei mir hinterlässt.

Unauffällig richte ich meinen Schritt, der immer mehr ein Eigenleben führt und mich in riesengroßen Schlamassel stürzt. Das spüre ich.

»Und was schwebt dir vor?«, frage ich ganz nebenbei, weil ich noch mehr von ihr erfahren möchte. Es wissen muss.

»Ich ziehe bei dir ein, schon vergessen?«, sagt sie grinsend, bevor sie ihr Glas in einem Zug leert.

Chapeau. Sie hat wirklich ein kesses Mundwerk.

»Und ich möchte auf meinem Wunschzettel noch einen Punkt ergänzen«, fügt sie hinzu, während sie sich von der Couch erhebt, auf mich zukommt und den Inhalt der Einkaufstüten ansteuert.

Immer noch lächelnd beugt sie sich nach vorn, durchwühlt den Kleiderstapel, und ich nutze meine

Chance, ihren Anblick in mich aufzusaugen. Zu gern würde ich sie auf meinen Schoß ziehen und meine Hände auf ihren Hüften ablegen, damit sie mir nicht entkommen kann. Allein der Gedanke, dass sie mich für ihre Zwecke benutzen könnte, macht mich fix und fertig. Verdammt. Wo kann ich diesen Wunsch bloß loswerden?

»Hier.« Kichernd reißt sie mich aus meinem wunderschönen Weihnachtstraum heraus und reicht mir eine vollgepackte Tüte. »Ich wünsche mir, dass du das am Weihnachtsmorgen trägst. Bitte, Nicolás. Aber nicht nachsehen. Lass dich überraschen.«

Gerade würde ich alles für sie tun und nicke wie ein liebeskranker Trottel. »Okay. Abgemacht!«, sage ich, obwohl ich jetzt schon weiß, dass lediglich sie ihren Spaß daran haben wird. Das belustigte Funkeln in ihren Augen ist ein eindeutiges Indiz dafür. Dennoch habe ich eine Bedingung. Nichts gibt es bei mir ohne Gegenleistung. »Aber nur, wenn du mir jetzt endlich erzählst, warum du ausgerechnet einen Wunschzettel bei *Macy's* einwerfen wolltest. In der Regel geben den doch nur Kinder dort ab«, bestehe ich mit Nachdruck auf meine Bitte und streiche möglichst unauffällig über ihren Handrücken, als ich ihr die Tüte abnehme.

Lachend schüttelt sie den Kopf und stemmt ihre Hände in die Hüften. »Da kannst du mal sehen, wie aussichtslos alles ist und zu welchen Maßnahmen ich greifen muss.«

»Du weißt schon, dass der kugelrunde Mann mit dem weißen Bart und der roten Mütze dir diese Wünsche nicht erfüllen kann«, setze ich zu einer schlagfertigen Erwiderung an, als sie plötzlich hinter mir etwas entdeckt.

»Warte!«, bedeutet sie mir mit erhobenem Zeigefinger und schlendert zu der bodentiefen Vase, in dem ein Weihnachtsstrauß aus Mistelzweigen und Christrosen steckt. Sie macht sich daran zu schaffen und knickt einen der Äste ab. Warum ruiniert sie das Arrangement, das vor zwei Wochen geliefert wurde? »Was Weihnachten angeht, Nicolás, bist du überhaupt nicht vorbereitet. Tzzz ... Ich brauche etwas Schleifenband und eine Heftzwecke«, fordert sie mich auf und wedelt glücklich grinsend mit dem Zweig vor meiner Nase herum.

Sie hat eindeutig einen Schwips – und ich meinen Spaß daran. Also statte ich sie mit den geforderten Utensilien aus.

Als sie schließlich in ihren dicken Wollsocken von dem Hocker steigt und ihr Werk über dem Durchgang zum Wohnbereich bewundert, würde ich sie am liebsten in meine Arme schließen und küssen. Der obligatorische Mistelzweig gefällt mir gut. Wenn ich mich recht erinnere, legte darauf in meiner Familie nie jemand Wert. Doch als sie sich zu mir umdreht, weiche ich zurück, weil es besser für uns beide ist. Ich bin nicht der Typ Mann, der einer Frau das Gefühl von Geborgenheit gibt. Schon gar nicht an Weihnachten.

Ausdruckslos starrt sie mich an, ehe sie ausspricht, was ihr durch den hübschen Kopf geht. »Der erste Punkt auf meinem Wunschzettel ist ziemlich eindeutig: Welche Frau wünscht sich keinen Traummann? Der Zweite ist dir nun sehr wohl bekannt. Den Dritten werde ich mir wahrscheinlich nie erfüllen, es sei denn, ich suche mir einen anderen Job. Der Vierte ist unendlich romantisch und für mich im Augenblick finanziell nicht realisierbar. Und für den Fünften habe ich gerade vorgesorgt, Nicolás«, erklärt sie mit einem frechen Zwinkern und stolziert herausfordernd an mir vorbei.

Verdammt. Ich bin total am Arsch. Aber ich habe es nicht anders gewollt.

Kapitel Fünf

ARIANA

Meine Güte. Ich realisiere immer noch nicht, wo ich mich befinde und dass sich mein größtes Problem tatsächlich in Luft aufgelöst haben soll. Die Nacht war kurz. Mein Schädel brummt vom vielen Wein. Die Schneeflocken tanzen ununterbrochen weiter. Meine Kleidung habe ich gegen eine schlabbernde Jogginghose und einen übergroßen Hoodie eingetauscht, der unfassbar gut nach Nicolás duftet. Sich von ihm fernzuhalten, funktioniert so gut wie gar nicht. Wie auch, mit ihm überall um mich herum? Ich sitze eingekuschelt in eine weiche Wolldecke im Schneidersitz auf seiner komfortablen Couch und verfolge aus dieser Perspektive ziemlich entspannt das Wetterschauspiel vor den großen Fenstern. Total unwirklich.

Doch als die Tür am Weihnachtsmorgen

aufschwingt und Nicolás in seinem neuen Rentierpulli, einer dunklen Chinohose und den bunten Flamingosocken an mir vorbei stolziert, werde ich mir der Realität, bei ihm in seinen vier Wänden zu sein, sehr wohl bewusst.

Selbst dieses kuriose Outfit tut seiner Attraktivität keinen Abbruch. Er sieht göttlich aus. Ich beobachte ihn dabei, wie er sich leichtfertig durchs Haar streicht. Sein Gesicht ziert ein noch dunklerer Bartschatten als am Tag zuvor, der ihm ein verwegenes Aussehen verleiht.

Was ein Weihnachtsaugenschmaus.

Dennoch pruste ich hinter vorgehaltener Hand vor Lachen los und wüsste zu gern, ob er auch diese sexy Unterwäsche darunter trägt. Den schwarzen String vielleicht.

Unbeeindruckt lässt mich sein Auftreten wahrlich nicht, denn er hat mir damit meinen zusätzlichen Weihnachtswunsch erfüllt. Wie sonderbar.

»Lach nicht«, knurrt er und betrachtet mich gleichzeitig mit einem schiefen Grinsen. »Sonst lasse ich dich gleich halbnackt den Schnee vorm Eingang wegschaufeln. Mal schauen, wer mehr Spaß daran hat.«

Verschwörerisch wackelt er mit seinen Brauen und ich ärgere mich, dass ich mal wieder so intensiv auf ihn reagiere und sich die Schmetterlinge in meinem Bauch wie bei ihrem ersten Ausflug im Sommer aufführen.

Ich rümpfe die Nase und ziehe mir die Decke bis unters Kinn, weil mir allein beim Gedanken daran, in die Kälte hinaus zu müssen, ganz anders wird. »Dann hättest du mich aber auf dem Gewissen.« Ein heißes Wannenbad und einen leckeren Kaffee würde ich bevorzugen. Aber die Aussichten, den Tag mit etwas anderem als Wein, Snacks und ein paar neuen Holzscheiten im Kamin zu verbringen, stehen nicht gut. Strom gibt es nämlich immer noch nicht.

Dementsprechend steht uns ein Weihnachtsfest unter Extrembedingungen bevor. Wenn ich an gestern Abend zurückdenke, ist das jedoch keineswegs schlimm. Denn so viel Spaß hatte ich seit Ewigkeiten nicht mehr. Wir redeten stundenlang übers Leben und unsere Träume. Eigentlich war ich eher diejenige, die pausenlos quasselte, und Nicolás hing an meinen Lippen. Müsste ich ihn charakterisieren, würde ich ihn als genüsslichen Beobachter beschreiben. Ich fühlte mich dank seines Angebots von einer zentnerschweren Last befreit, und der Wein tat sein Übriges. Zum Glück ließ ich mich jedoch nicht zu einer Dummheit hinreißen, mein Herz ist immerhin gerade erst mühsam zusammengeflickt.

»So schnell stirbt es sich nicht, Ariana«, reißt er mich aus meinen Gedanken heraus, öffnet die Glasklappe am Kamin, reinigt und entzündet ihn. »Als Abhärtung wäre der Ausflug ins Freie vielleicht angemessen«, sagt er, als er aus der Hocke aufsteht und mich direkt ansieht.

Ich schnappe empört nach Luft und schieße mit den Augen Pfeilspitzen in seine Richtung. »Bist du der Meinung, ich bräuchte eine derartige Abhärtung?«

Lässig zuckt er mit den Schultern und deutet mit beiden Daumen auf seinen dunkelgrünen Pullover. »Als Lektion für die grässlichen Klamotten wäre das nur fair.«

»Sie stehen dir ausgezeichnet. Ich weiß gar nicht, was du hast«, entgegne ich frech und kann mir das Lachen kaum verkneifen. »Du warst ungehobelt. Und mir wäre es egal gewesen, wenn du dich bei meiner Chefin über mich beschwert hättest. Meine Reaktion ist lediglich deinem Verhalten geschuldet. Außerdem waren die vereinzelten Kleidungsstücke ja nur eine Ergänzung zur gewünschten Ware«, halte ich dagegen und spüre trotzdem, dass dieses Gespräch in die seit gestern so vertraute Schiene verläuft.

Er wirkt zugänglich und lässt ganz den zuvorkommenden Gentleman heraushängen. Leider macht er es meinem Herzen damit unglaublich schwer, ihn nicht umwerfend zu finden.

»Du hast recht, und es tut mir leid, Ariana«, gibt er zu und sammelt mit diesem Eingeständnis weitere Sympathiesterne. Gar nicht gut. »Die Zusammenstellung deiner Auswahl hat meinen Geschmack getroffen und damit,« sagt er und streicht mit der Handfläche über das Rentier auf seinem Oberteil, »hast du es geschafft, mich aus meinem Hamsterrad zu befreien und mich zum Lachen zu bringen.«

Mit einem triumphierenden Grinsen kuschle ich mich tiefer in die Kissen, während ich das lustige Outfit an diesem begnadeten Körper bewundere. »Ich schätze, wir sind quitt. Es sei denn ...«, fahre ich fort und ziehe die einzelnen Silben bewusst in die Länge, »du hast ein gewisses Accessoire in der Einkaufstasche zurückgelassen ...« Vielsagend starre ich auf seine Lendengegend.

»Das, meine Liebe, verrate ich dir nicht. Finds selbst heraus«, erwidert er mit einem geheimnisvollen Grinsen und geht an mir vorbei, während ich fast vor Neugierde platze.

»Und wie? Soll ich dich darum bitten, deine Hose herunterzulassen?«, frage ich scherzhaft und werfe die Arme in die Luft. Es ist definitiv zu früh für solche zweideutigen Dialoge. Ich bin noch müde, und mein Magen verlangt nach etwas Essbarem.

»Lass dir etwas einfallen«, sagt er leise und tippt mir beim Vorbeigehen liebevoll mit dem Finger gegen die Stirn. Mit dieser flüchtigen Berührung löst er einen Flächenbrand aus. Bei der Vorstellung, wie ich das herausfinden könnte, ziehen sich meine Nippel zu spitzen Knospen zusammen und meine Haut beginnt sehnsüchtig zu kribbeln. Diese Körperstellen scheinen nicht mehr unter der dicken Daunendecke in Nicolás Gästebett zu schlummern. Mein Verstand schon. Ich bin verloren.

Ich sollte schleunigst die Kurve kriegen und mich darauf besinnen, mich an den Deal mit Nicolás zu halten. Bei meinem Glück verstricke ich mich sonst nur in weitere Komplikationen. Und ich darf meinen vorübergehenden Zufluchtsort nicht wegen der widersprüchlichen Gefühle, die er in mir hervorruft, aufs Spiel setzen.

Noch nie hat mich ein Mann derartig durcheinandergebracht, wie Nicolás es tut. Ich fühle mich zu ihm hingezogen, während ich mich gleichzeitig von ihm fernhalten sollte. Er bringt mich und meine Prinzipien völlig durcheinander. Deshalb rufe ich mir in Erinnerung, dass ich nur hier bin, um ihm seine Hemden zu bügeln und er nicht auf heiße Dates mit seiner Ersatzhaushälterin aus ist. Auch wenn er etwas anderes behauptet.

»Ich bin mir sicher, du wirst mich überraschen«, unterbricht er meine Grübelei mit rauer Stimme. »Und jetzt steh endlich auf. Ich habe Hunger«, fordert er mich lautstark auf, wobei sein Lachen grollend von den hohen Wänden widerhallt.

Ich kneife die Augen zusammen und schüttle mit dem Kopf, als würde es helfen, seine Worte aus meinem Gedächtnis zu verbannen. Was wird das hier? Die Wandlung vom aufmerksamen Gentleman zum unübertrefflichen Macho?

Nicolás

Unaufhörlich wirbelt der Schnee ums Haus und außer dem Geräusch des böigen Windes, unseren Kaugeräuschen und Arianas lautem Seufzen ist nichts zu hören.

»Schmeckt es dir nicht?«, frage ich und beobachte, wie sie sich lustlos den nächsten Löffel mit den Frühstücksflocken in den Mund schiebt.

»Doch ...«, nuschelt sie kauend. »Es ist okay. Aber beim Anblick des Schnees, der nun schon an den Scheiben gefriert, wird mir echt mulmig zumute.«

Ich greife über den Tisch, lege meine Hand behutsam auf ihrer ab und sehe sie eindringlich an. »Du brauchst keine Angst zu haben, wir sind hier sicher. Auch wenn die Aussichten auf Besserung vorerst in den Sternen stehen, bin ich mir sehr sicher, dass man mit Hochdruck an der Wiederherstellung der Stromzufuhr arbeitet.«

Sie schluckt und klimpert heftig mit ihren Augenlidern. »Ich habe so etwas noch nie erlebt, weißt du …«

Mit allergrößter Mühe versucht sie, ihre Anspannung vor mir zu verbergen, was ihr misslingt, denn ihre Stimme ist ein paar Stufen zu hoch und wird von einem atemlosen Hauchen begleitet.

»Ich auch nicht«, sage ich und hoffe, sie mit meinem Schmunzeln aufzuheitern.

Ariana richtet konzentriert ihren Blick geradeaus und schaut hinaus ins Schneegestöber. »Zum Glück bin ich hier bei dir. Gar nicht auszudenken, wenn ich jetzt allein in meinem Appartement wäre. Ich würde durchdrehen. Die Angst würde mich auffressen.«

Irgendwie fühlt es sich unglaublich gut an, ihr Retter in der Not zu sein. »Zum Glück warst du hier, als das Unwetter losging und nicht an einem anderen Ort.«

Nach einem tiefen Atemzug sieht sie mich an. »Das stimmt, und ich bin froh darüber.« Nachdenklich schürzt sie die Lippen, ehe sie fortfährt. »Es kam nicht gänzlich überraschend, dass sich die Wetterlage dermaßen zuspitzt, und in den letzten Tagen hatte sich dazu bereits ein schlimmes Szenario in meinem Kopf verfestigt. Aber an einen Stromausfall hätte ich zuletzt gedacht.«

Ich nicke zustimmend. »In solchen Situationen bemerkt man erst, wie selbstverständlich alles geworden ist. Ohne Strom funktioniert heutzutage ja kaum noch etwas. Eigentlich nichts.« Ich runzle die Stirn. »Gerade in meinem Job. Das Notebook und das Telefon sind lebensnotwendig. Es ist Fluch und Segen zugleich, dass die Naturgewalten mich nun kontrollieren.« Angst habe ich nicht. Aber ich zermartere mir mein Hirn, wie lange dieser Zustand anhalten wird.

»Magst du es nicht, die Kontrolle zu verlieren?«, fragt sie neugierig und streicht mit den Fingerspitzen über die Tischplatte. Augenblicklich stelle ich mir vor, wie es sich anfühlen würde, würde sie mich auf diese Weise berühren und mich damit die Kontrolle verlieren lassen.

»Nein«, entgegne ich viel zu energisch. »Für mich undenkbar. Die Kontrolle abzugeben, bedeutet für mich Schwäche. Aber ich kann es mir nicht leisten, schwach zu sein.«

Seufzend schiebt sie sich einen Löffel mit Müsli in den Mund und grinst verschmitzt. »Also bist du ein Kontrollfreak-Workaholic.«

Ich lache und verschlucke mich an den durchweichten Frühstücksflocken. »So hat mich auch noch nie jemand genannt.«

Für einen Moment hängt jeder von uns seinen Gedanken nach, und es fühlt sich merkwürdigerweise nicht mal seltsam an, mit ihr hier zu sitzen und zu schweigen. Im Gegenteil, es ist wunderschön.

»Ich mag es, in gewissen Momenten schwach zu sein«, gibt sie zu, während sie ihren Blick durch den Raum und wieder zu mir wandern lässt, »und will dann nur noch von starken Armen aufgefangen werden.« *Oh, Ariana. Ich würde dich in einem solchen Moment nur zu gern auffangen.* Plötzlich verzieht sie ihre Mundwinkel nach unten und ihre Schultern sacken herab. »Vermutlich bringt mich genau das immer in Schwierigkeiten. Ich sollte anfangen, stärker zu werden.«

Und ich sollte aufhören, in ihrer Nähe schwach zu werden.

Bevor ich etwas erwidern kann, beginnt mein Handy zu vibrieren. Ein Anruf von Amber. Was will sie denn schon wieder? Hat sie es immer noch nicht begriffen? Genervt verdrehe ich die Augen.

Mit einem ungehaltenen »Ja!« nehme ich das Gespräch an.

»Nicolás«, schluchzt sie in den Hörer.

Herrgott. Womit habe ich das nur verdient? Das ist die Höchststrafe dafür, dass ich sie damals nach dem ersten Date sofort mit nach Hause nahm. Nun werde ich sie nie wieder los.

»Ja, Amber. Ich höre.« Ich stütze meine Ellenbogen auf den Tisch ab und sehe Ariana an, die mich beobachtet.

»Nicolás, der Strom ist ausgefallen.«

Unfassbar. »Und du rufst mich an, um mir das mitzuteilen?« Mein Tonfall schwankt zwischen gleichgültig und ungehalten.

»Ich habe Angst.«

»Ich ...« Weiter komme ich nicht, da das Gespräch plötzlich verschluckt wird. Verwirrt wische ich über das Display und stelle fest, dass es schwarz ist und sich das Gerät nicht mehr zum Leben erwecken lässt. Aus. Der Akku ist leer.

Erleichtert atme ich aus. »Manchmal regeln sich Dinge auch von ganz allein«, sage ich mehr zu mir selbst und lege das Smartphone auf der Tischplatte ab.

»Deinem Gesichtsausdruck nach zu urteilen, war das kein angenehmes Gespräch«, stellt Ariana fest, während sie die Flocken mit dem Löffel vom Rand ihrer Schüssel in die restliche Milch schiebt.

»Nein.« Ich fahre mir unwirsch mit der Hand

durchs Haar und merke, wie sehr mich diese Situation beschäftigt, obwohl sie das nicht sollte. »Meine Ex ist seit der Trennung auf Konfrontation aus. Sie begreift nicht, dass es aus ist und versucht, mich für alles dranzukriegen, was in ihrem Leben schiefläuft. Jetzt ist es der Strom. Wahrscheinlich denkt sie, dass ich dafür verantwortlich bin, dass der weg ist.«

Ariana lacht herzhaft los. »Nicolás, könnte sie womöglich recht haben? Hast du etwa deine Finger im Spiel und dafür gesorgt, dass wir den Weihnachtsmorgen ohne Lichterketten und besinnliche Musik erleben müssen?«

»Meinst du, dazu wäre ich fähig?« Ihr amüsiertes Funkeln sorgt dafür, dass es in meinem Magen kribbelt und meine Gefühlswelt kräftig durchgerüttelt wird.

Lasse ich mich schon wieder so sehr von der Schönheit einer Frau blenden, dass ich mich viel zu schnell auf sie einlasse? Nein. Das sollte ich nicht zulassen.

Ich räuspere mich, um das aufkeimende Gefühl zu verdrängen.

»Keine Ahnung. Ich kenne dich noch zu wenig, um das beurteilen zu können«, säuselt sie und ich kann nichts anderes tun, als sie anzusehen. Weil sie mir das Gefühl gibt, mein versteinertes Herz zu befreien.

Die Stimmung schlägt plötzlich um und es liegt etwas Sexuelles in der Luft. Es knistert gewaltig, und ich sehe in ihren Augen, dass sie es ebenfalls wahrnimmt. Dennoch halte ich mich zurück.

»In nächster Zeit wirst du ganz sicher die Gelegenheit haben, das zu ändern.« Natürlich wird sie das. Aber warum ich es unbedingt betonen muss, weiß ich selbst nicht.

»Magst du Oldtimer? Die Sammlung in der Vitrine ...« Ohne ihren Satz zu vollenden, zeigt sie mit ihrem Finger Richtung Tür.

Versucht sie jetzt abzulenken?

Ich nicke und betrachte sie für einige Sekunden. Amber hat bis heute nicht danach gefragt, warum diese alten Autos in dem Vitrinenschrank stehen. »Ja. Es ist eine meiner wenigen Leidenschaften, und ich gebe viel zu viel Geld aus, um solche Sammlerstücke zu ergattern.«

»Besitzt du auch einen in Lebensgröße? Oder gilt deine Leidenschaft nur dem kleineren Maßstab?« Bei dieser Frage läuft sie hochrot an.

Ich sehe sie amüsiert an. Wenn sie ihre Fragen schon so stellt, dass sie zweideutig klingen, braucht sie sich nicht zu wundern.

»Ich besitze einen Mercedes SL von 1965.«

»Wirklich?«, fragt sie und rutscht nervös auf ihrem Stuhl herum.

Herrgott, Ariana.

Ich nicke.

»Hm ... interessant. Du bist ein Sammler und kein Jäger«, stellt sie fest, und es ist nicht zu überhören, dass viel mehr hinter dieser Aussage steckt.

»Worauf willst du hinaus, Ariana?« Was hat sie vor? Vergleicht sie meine Lebensweise mit der eines Neandertalers?

»Du sammelst, du jagst nicht, sonst nichts«, entgegnet sie und versucht, meinem Blick auszuweichen.

»Kannst du das genauer erklären?«, fordere ich sie mit einem Grinsen auf. Das wird interessant.

»Es gibt Männer, die sammeln und Männer, die jagen«, erklärt sie und sucht den Hoodie nach imaginären Flusen ab. »Und du sammelst.«

So einfach kommt sie mir mit dieser oberflächlichen Erklärung nicht davon. Sie muss da etwas falsch verstanden haben. »Nein, Ariana. Ich jage durchaus.«

»Und was?«, haucht sie atemlos und rückt sich die Brille auf der Nase zurecht. Sie wirkt wahnsinnig nervös.

»Frauen, die es sexy finden, wenn ich am Weihnachtsmorgen einen heißen String trage«, antworte ich mit einem Zwinkern. Dann staple ich betont gelassen unsere mittlerweile geleerten Frühstücksschüsseln ineinander, darum bemüht, mir nicht anmerken zu lassen, dass ich auf dem besten Weg bin, gegen meine Vorsätze zu verstoßen. Ich will sie.

Kapitel Sechs

ARIANA

Frohe Weihnachten, Ariana, summt es in Dauerschleife in meinen Ohren. Und nicht nur dort. Nicolás raue Stimme folgt mir bis in den Schlaf, und sein durchdringender Blick kribbelt wie ein warmer Sommerregen über meine Haut, wann immer ich ihn auf mir spüre. Obwohl das unmöglich sein sollte, schließlich herrschen draußen Minusgrade und die Schneeberge türmen sich nach dem Blizzard am Straßenrand auf.

Aber sobald Nicolás in meiner Nähe ist und mir dieses schiefe Grinsen schenkt, stürmen alle vier Jahreszeiten auf einmal auf mich ein, was meinen Körper in ständige Aufruhr versetzt.

Momentan genieße ich die Ruhe beim Auspacken und Einrichten meiner persönlichen Sachen. Nicolás muss etwas Dringendes im Büro erledigen, wodurch wir ein paar Stunden voneinander getrennt sind und die Schmetterlinge in meinem Bauch ein wenig Zeit haben, sich zu erholen, bevor sie erneut zu tanzen beginnen, sobald der wilde Jäger, wie er sich selbst nennt, wieder zur Haustür hereinrauscht und mich mit seiner charmanten Art verzaubert. Es ist unmöglich, ihn zu ignorieren.

Was ich auch gar nicht will, immerhin wohne ich vorübergehend unter seinem Dach und komme in allen Belangen auf meine Kosten.

Das komfortable Interieur seiner Luxusherberge gefällt mir sehr, und an seine Gesellschaft habe ich mich längst gewöhnt – vielleicht sogar ein bisschen zu sehr. Bleibt nur noch, die übergroße Badewanne zu testen, die genauso ein Traum ist wie der gesamte Aufenthalt hier. Es ist schon Ewigkeiten her, dass ich ein langes Bad nehmen konnte. In meiner Wohnung gab es nur eine winzige Dusche. Hoffentlich komme ich bald in den Genuss, ein heißes Schaumbad für mich zu reservieren. Denn nach dem überstürzten und völlig unerwarteten Umzug heute Morgen, der nur mit Hilfe eines Fahrers, den mir Nicolás glücklicherweise schickte, realisierbar war, habe ich mir endlich ein bisschen Entspannung verdient.

Eigentlich kann ich es immer noch nicht fassen – mein persönliches Weihnachtswunder ist in Erfüllung gegangen.

Die Feiertage mit Nicolás zu verbringen, war eines der intensivsten und schönsten Erlebnisse in meinem Leben. Und zählt mit Abstand zu den romantischsten. Eingeschneit, ohne Strom und festliches Weihnachtsessen. Dafür eingekuschelt vor dem Kamin im Kerzenschein, mit Fingerfood und vollmundigem Rotwein. Mit den wenigen Zutaten, die wir zur Verfügung hatten, hat Nicolás ein einzigartiges Vier-Gänge-Menü für uns gezaubert. Wir haben mehr gelacht und getrunken als gegessen, weil wir uns gegenseitig damit aufzogen, zu verhungern, sollten die Schneemassen weiter ansteigen und wir wochenlang ohne Nahrung auskommen müssen.

Doch wie durch ein Wunder legte der Wettergott von einem auf den anderen Moment den Schalter um und uns blieb dieses Szenario erspart. Der Blizzard entpuppte sich als Light-Version einer Katastrophe und endete für die Menschen im Bundesstaat New York nicht in einem Unglück. Vielleicht hatten wir alle einen Schutzengel.

Seit gestern blinzelt die Sonne wieder vom blauen Himmel herab. Wenige Stunden später sprang sogar die Küchenbeleuchtung an und meine Angst löste sich endgültig in Wohlgefallen auf. Und jetzt starte ich durch und nehme mein Leben endlich in die Hand. Ganz in Ruhe und ohne Druck werde ich mich im neuen Jahr nach einer Wohnung umsehen und mich so lange um Nicolás Haushalt kümmern. Die Zeit, die wir miteinander verbringen, ist begrenzt.

Nachdem ich den letzten auseinandergefalteten Umzugskarton in den Tiefen des viel zu großen Kleiderschranks verstaut habe, streiche ich mir durchs verschwitzte Haar.

Das wäre geschafft.

Glücklich grinsend betrachte ich mein Werk. Noch nie hing meine Kleidung so locker und ordentlich gefaltet. Das Schranksystem ist ein Traum. Sogar meine Stoffhosen finden genügend Platz. Es gibt integrierte Bügel, die man ganz leicht herausziehen kann, um die Hosen mit einem Handgriff über die schmale Stange zu legen. In meinem alten Schrank hingen sie übereinander, sodass ich jetzt mit Erstaunen ein paar alte Lieblingsstücke wiedergefunden habe. Endlich habe ich einen Überblick. Dennoch weiß ich, dass ich diesen Komfort nur vorübergehend genießen werde. Eine Wohnung in dieser Größenordnung und mit einem derart luxuriösen eingebauten Kleiderschrank, kann ich mir finanziell überhaupt nicht leisten.

Schulterzuckend schließe ich die Schiebetür. *Macht nichts.* Ich nehme das, was kommt. Und gerade habe ich eben verdammtes Glück.

Der Timer an meinem Handy beginnt zu piepen.

Ich schalte ihn stumm und gehe in den Hauswirtschaftsraum, um die Wäsche aufzuhängen. Selbst dieser Raum ist größer als meine bisherige Küche. Das ist wirklich dekadent.

Singend öffne ich die Klappe der Hightech-Maschine und hänge die gewaschenen Kleidungsstücke auf dem danebenstehenden Ständer auf. Es ist noch gar nicht so lange her, dass ich mich um die schmutzigen Klamotten meines Freundes gekümmert habe. Doch die Tatsache, es nun für Nicolás zu tun, fühlt sich viel intimer an. Denn meine Neugierde, ihn in den engen grauen Shorts zu sehen, die sich in der Wäsche befinden, wächst.

Normalerweise läuft es andersherum ab: Erst entdeckt man die heiße Männerunterwäsche beim Ausziehen und denkt anschließend irgendwann eventuell darüber nach, diese waschen zu wollen. Hmm ... Diese Routine hat mir auch kein Glück gebracht, mein Ex war trotzdem ein Arschloch. Jetzt kümmere ich mich erst um die Designerteile, und ob ich sie mal mit Inhalt bewundern werde, wird sich zeigen. Bis dahin existiert die Vorstellung weiter ausschließlich in meinen Träumen. Wir leben eben in unterschiedlichen Welten, ganz wie Aschenputtel und der begehrenswerte Prinz.

Als ich mit dem Aufhängen fertig bin, stopfe ich Nicolás' Hemden in die Waschmaschine, stelle die

Erinnerungsfunktion auf meinem Handy neu ein und knipse das Licht aus, während sich die Trommel mit frischem Wasser füllt.

Ich durchquere den Wohnraum und mein Blick bleibt an dem Mistelzweig hängen. Hatte ich wirklich angenommen, dass er mir den Wunsch, mich unterm Mistelzweig zu küssen, erfüllt? Irgendwie schon. Der viele Wein hat mich das denken lassen.

Seufzend schüttle ich meinen Kopf und gehe zurück in mein Zimmer. Vielleicht sollte ich Nicolás' Abwesenheit nutzen und mir etwas Gutes tun. Er wird sicher nichts dagegen haben, wenn ich ein bisschen Zeit in seinem Bad verbringe. Es wäre die perfekte Gelegenheit. Ein Schaumbad in seiner Wanne zu nehmen, würde mich entschädigen und auf andere Gedanken bringen. Schon beim Auswechseln seiner Handtücher und der ersten Reinigung entstand der Wunsch, sie unbedingt ausprobieren zu wollen. Von dort hat man eine fantastische Aussicht auf den *Central Park*, der momentan wie eine sonnige Glitzerwinterwunderwelt wirkt.

Soweit ich ihn verstanden habe, wird er erst gegen Abend zurück sein. Demnach bleiben mir noch ein paar Stunden, die ich vergnügt und von ihm unbemerkt unter Schaumbergen verbringen kann.

Doch ehe ich mich für ein Wellnessbad zurückziehe, werde ich zu meinem offiziellen Einzug die legendären Zimtwaffeln nach dem Rezept meiner Granny backen. Beim Gedanken daran läuft mir das Wasser im Mund zusammen. Eigentlich hatte ich die Zutaten für die Weihnachtsfeiertage besorgt, um mir diese mit Kindheitserinnerungen zu versüßen. Daraus wurde ja dann allerdings nichts. Die Idee, sie jetzt mit Nicolás zu teilen, gefällt mir sogar noch besser. Er hat sich die süße Versuchung mindestens so verdient wie ich.

Der Reihe nach gebe ich Eier, Butter, Zucker und Zimt in eine Schüssel und verrühre die Zutaten zu einer glatten Masse, dann erst hebe ich Mehl, Milch, *Club Soda* und Backpulver unter, bis der Teig eine fluffige Konsistenz hat.

Die Menge reicht genau für vier Waffeln, die ich Nicolás später als kulinarische Überraschung präsentieren werde. Meine Neugierde, ob sie ihm genauso gut schmecken wie mir, kann ich kaum zügeln. Meine Vorfreude sieht man mir vermutlich an, so sehr strahle ich, als ich die Waffeln auf dem Metallgitter abkühlen lasse. Aber irgendetwas ist anders. Ich weiß nur nicht, was.

Mit meinem Bademantel über dem Arm und meiner Kosmetiktasche in der Hand betrete ich sein äußerst komfortables Bad. Ich habe zwar mein eigenes, das an mein Zimmer grenzt, doch das hat leider nur eine Dusche. In seinem Badezimmer empfangen mich dunkle Fliesen in Holzoptik, robust verputzte Betonwände und flauschige graue Handtücher. Es wirkt einladend, männlich und duftet nach Nicolás – definitiv ein Ort zum Wohlfühlen.

Ich zünde zwei Kerzen an, die ich vom Wohnzimmertisch mitgenommen habe, stelle sie auf dem breiten Badewannenrand ab, um eine gemütliche Atmosphäre zu schaffen, und drehe das Wasser auf. Langsam gieße ich etwas von meinem Duschgel in den Wasserstrahl und der süßliche Duft vermischt sich mit der in der Luft liegenden herben Note.

Als ich durch die Playlist auf meinem Handy scrolle, geht brummend eine Nachricht ein. Schnell wische ich über das Display und öffne den Messenger.

Es ist Felicity, die mir mitteilt, dass die Essensausgabe an der *St. Patricks Cathedral*, die aufgrund des Schneesturms leider nicht stattfinden konnte, am morgigen Silvesterabend nachgeholt wird. Ich freue mich, dass die Obdachlosen etwas verspätet doch noch eine warme Mahlzeit bekommen, die dieser Tage dringender benötigt wird denn je. Ich hoffe, dass sie alle einen geeigneten Unterschlupf finden konnten und ihr Leben nicht in der klirrenden Kälte verloren haben. Sofort tippe ich eine Antwort und drücke auf Senden.

Heißer Wasserdampf steigt auf und ich schalte die Musik auf meinem Handy ein. Sanfte Klänge untermalen das Wasserrauschen, als ich das Gerät auf dem Hocker neben der Badewanne ablege und anfange, mich auszuziehen.

Hoffentlich hat Nicolás nichts dagegen, dass ich sein Bad benutze. Jetzt bin ich irgendwie unsicher. Aber warum sollte er? Ich werde meine Spuren auf jeden Fall danach wieder beseitigen. Trotzdem fühle ich mich plötzlich wie ertappt. Dabei hat er doch gesagt, ich soll mich wie zu Hause fühlen. Dann wird er damit auch einverstanden sein. Mein übermäßiges und unnötiges Kopfzerbrechen bringt mich manchmal echt um.

Bevor ich hineinsteige, stecke ich mir die Haare hoch, schiebe die Frotteematte vor die Badewanne und lege den flauschigen Mantel auf dem gefliesten Rand ab.

Sobald ich sitze, seufze ich wohlig auf. Himmlisch. Die Wassertemperatur ist perfekt. Ich lehne mich an die abgeschrägte Acrylwand und lasse mich von der wohltuenden Hitze durchdringen. Es ist herrlich, und der Ausblick ist spitzenmäßig. Sofort entspannen sich meine Glieder und ich genieße die Wärme, die meinen Körper umgibt, in vollen Zügen.

Das ist purer Luxus. Jetzt verstehe ich auch, warum Kleopatra ihre Wannenbäder liebte.

Als sich eine breite Schaumschicht auf der Wasseroberfläche bildet, schließe ich die Augen und lausche dem einlaufenden Wasser und der chilligen Musik. Ist Nicolás wohl der Typ, der gern Schaumbäder nimmt? Nein, das kann ich mir nicht vorstellen. Er ist der Typ Macher, kein Genießer. Für ihn wäre es wahrscheinlich reine Zeitverschwendung. Dass er diesbezüglich so anders tickt als ich, macht ihn umso reizvoller für mich. Dennoch weiß er gar nicht, was er verpasst. Es ist so wohltuend. Mit mir. Zu zweit. Hach, was denke ich denn da?

Schmunzelnd löse ich das Haargummi aus meinem Haar und tauche ab, um meine Gedanken zu ertränken.

Momentan gönnt mir das Leben eine Glückssträhne. Ich hoffe schwer, dass sie nicht so bald wieder abreißt.

Nicolás

Nachdenklich schließe ich leise die Tür und lehne mich von innen gegen das massiv verarbeitete Material, während ich angestrengt über meine Nasenwurzel reibe.

Was tue ich schon zu Hause? Vielleicht habe ich mir etwas eingefangen? Nein. Ich bin körperlich topfit. Aber mit meinem Kopf scheint etwas nicht zu stimmen. Ich habe nämlich freiwillig das Büro verlassen, um in der Nähe meines Hausgastes zu sein. In Arianas Nähe.

Wo ist sie eigentlich? Es ist so still. Ein süßlicher Duft liegt in der Luft, der genauso verführerisch riecht wie sie. Wo hat sie sich versteckt? Ob sie alle Kisten schon ausgeräumt hat?

Sie hat mich in den letzten Tagen ordentlich durcheinandergebracht. Doch bis jetzt konnte ich der

Anziehung standhalten und mich ihr gegenüber wie ein Gentleman verhalten. Wir hatten so viel Spaß. Spaß, den ich Ewigkeiten nicht mehr verspürte, und so merkwürdig es klingt, mit ihr eingesperrt zu sein, war das Angenehmste, das mir je passiert ist. Sie ist ein Engel, der mich verzaubert hat. Mein Weihnachtsengel.

Leider bin ich in dieser ganzen Geschichte das Problem. Ich bin unfähig, mein Privatleben mit meinem Job zu koordinieren. Sie würde mich in ein paar Monaten verfluchen und sich wünschen, dass wir uns nie begegnet wären. Und sie zu verletzen, ist das Letzte, was ich will. Aus diesem Grund halte ich mich zurück, obwohl es dazu mittlerweile beinahe übermenschlicher Willenskraft bedarf.

Trotzdem bin ich aus unerfindlichen Gründen früher als verabredet zu Hause und stehe sogar im wahrsten Sinne des Wortes mit dem Rücken zur Wand, weil ich vor Sehnsucht fast umkam. Doch ich bin unschlüssig, bewege mich keinen Millimeter von der Stelle, aus Angst, etwas Falsches zu tun. Darin bin ich immerhin Meister.

Kopfschüttelnd stoße ich mich von der Tür ab und ziehe meinen Mantel aus. Meine Güte, Nicolás, diese Unsicherheit steht dir überhaupt nicht.

Ich lockere meine Krawatte und öffne den obersten Knopf meines Hemdes, während ich schnurstracks in mein Schlafzimmer tigere, um mir eine heiße Dusche zu gönnen. Wobei eiskalt vermutlich die bessere Wahl wäre. Vielleicht kann ich danach wieder einen rationalen Gedanken fassen. Gerade scheint es unmöglich zu sein.

Als ich durch den Flur gehe und das letzte Zimmer am Ende des Ganges ansteuere, empfängt mich leise Musik. Ich stocke. Habe ich heute Morgen in der Eile vergessen, den Radiowecker auszuschalten?

Die Zimmertür steht einen Spaltbreit offen und Arianas vertrauter Duft wird mit jedem Schritt intensiver. Wie ein Süchtiger schließe ich die Augen und ziehe ihren Geruch tief durch die Nase ein. Als ich das Zimmer betrete, wird die Musik lauter, süßlicher Wasserdampf wabert auf mich zu und ich entdecke die sperrangelweit geöffnete Badezimmertür. Ist Ariana etwa in meinem Bad? Was tut sie dort? Putzt sie?

Langsam gehe ich näher. Ich will sie nicht erschrecken.

Die hellgrauen Wände werden durch die Beleuchtung der Stehlampe in sanftes Licht getaucht. Die Bettwäsche wurde ordentlich zurückgelegt und die vielen Kissen liebevoll aufgeschüttelt und am Kopfteil arrangiert. Ihre Handschrift macht meine

Wohnung gemütlich, behaglich, zu einem Zuhause. Es ist alles nur vorübergehend. Ganz klar.

Wasser plätschert und Arianas Stimme ist laut und deutlich zu hören. Sie scheint zu baden – in meiner Badewanne. Sie singt und entlockt mir ein Schmunzeln. Sollte ich lieber umdrehen und sie allein lassen?

Ich warte ab, beobachte die offenbar von Kerzen stammenden tanzenden Flammen in der Glasscheibe und wage mich kaum zu atmen. Hoffentlich ist ihr Körper unter Schaumbergen begraben, wenn ich jetzt eintrete. Ich komme mir vor wie ein Spanner an meiner eigenen Badezimmertür.

Nach einem letzten tiefen Atemzug hebe ich meinen Arm und klopfe gegen den Türrahmen. Die Musik verstummt und einen Moment lang ist es still. Mein Puls hämmert so schnell und laut, als ich meinen angespannten Körper durch die Tür schiebe, dass ich fürchte, sie hört ihn ebenso.

»Nicolás«, haucht Ariana erschrocken und mir wird bei ihrem Anblick augenblicklich anders.

Ihr dunkles, fast schwarzes Haar klebt nass an ihrem Kopf und liegt ausgebreitet auf dem Wannenrand. Mehrere Schaumhügel verdecken ihren nackten Körper. Ein Knie lugt glänzend aus dem Wasser und ihre Wangen sind hochrot erhitzt.

»Entschuldige, ich habe wohl die Zeit vergessen. Es war so gemütlich.«

Sie geniert sich noch nicht mal, dass ich sie in meinem Bad erwischt habe. Sie tut so, als ob es das Normalste auf der Welt ist. Und was tue ich? Ich freue mich über ihre Unverfrorenheit.

Anstatt sie allein zu lassen und mich aus der Affäre zu ziehen, setze ich mich zu ihr auf den Wannenrand. Der Irrsinn geht weiter. Ich kann es nicht sein lassen. Aber verdammt, sie liegt splitterfasernackt in meiner Badewanne und nur eine Schicht aus Millionen Seifenblasen verhindert, dass ich alles von ihr sehe.

Ich muss mich anstrengen, gedanklich nicht abzuschweifen, als sie sich bewegt und die Schaumberge vor meinen Augen verschwimmen.

»Gefällt dir mein Bad?« Mein Blick fällt auf den Kleiderhaufen auf dem Boden, aus dem ihre schwarze Unterwäsche hervorblitzt. Ariana in Dessous wäre eine Sünde wert, da bin ich mir sicher.

Sie nickt unsicher und lässt ihre Unterlippe durch die Zähne gleiten. »Du bist zu früh. Ich wollte dir nicht in die Quere kommen.«

Die Luft ist stickig und mir wird heiß, was ausnahmsweise nicht nur an Ariana liegt. »Ich weiß. Ich wollte dich zum Essen einladen.«

Äh ... Was habe ich gesagt? Nicolás, sie ist dein

Gast, fast schon deine Angestellte. Schließlich habt ihr einen Deal: Wohnung gegen Hausarbeit. Und du willst mit ihr essen gehen?

Mit mir stimmt eindeutig etwas nicht.

»Wirklich?«, hakt sie nach.

Ja, verdammt. Ich kann selbst nicht glauben, dass ich das vorgeschlagen habe.

»Ja«, brumme ich und reibe mir über mein feuchtes Hemd. Ich brauche dringend eine Dusche, nun allerdings besser wirklich eine eiskalte.

»Danke«, sagt sie lächelnd. »Ich beeile mich, dann hast du dein Bad für dich allein. Übrigens: Ich habe die traditionellen Weihnachtswaffeln meiner Granny gebacken. Die musst du unbedingt probieren. Sie sind sehr lecker.«

»Waffeln?« Ich stehe komplett neben mir.

»Ja. Sie liegen in der Küche auf dem Gitter. Hol uns doch eine.«

Gern erfülle ich ihr den Wunsch und gehe los, um mit ihr in meinem Bad eine Waffel zu essen. Außergewöhnlich. Aber mein Schmunzeln verrät, dass ich meine Freude daran habe.

Mit einem Teller, auf dem eine der Waffeln liegt, kehre ich zurück und setze mich wieder auf die Badewannenumrandung. Das Gebäck duftet exotisch, anders als in dem Café an der Lexington Avenue. Aber Ariana wird schon wissen, was gut ist.

Grinsend öffnet sie den Mund, was ich als Aufforderung deute, sie zu füttern.

Verdammt. Ob ihr klar ist, was sie damit bei mir anrichtet?

Ich breche zwei Stücke von der knusprigen Waffel mit dem eigenwilligen Duft ab und schiebe ihr eins davon in den Mund. Sie sieht mich an und leckt sich über ihre Lippen. Sofort meldet sich meine untere Körperregion.

Schnell stopfe ich mir das andere Stück in den Mund und kaue. Doch binnen weniger Sekunden breitet sich ein absonderlicher Geschmack auf meiner Zunge aus. Mein Lächeln schwindet und ich rümpfe die Nase. *Igitt.*

»O nein!«, ruft Ariana mit vollem Mund. »Das darf nicht sein.«

»Was ist das?«, sagen wir unisono und postwendend verdeckt sie ihre Augen mit den Handflächen.

Noch nie habe ich so eine Waffel gegessen. Sie schmeckt würzig, aber keinesfalls lecker.

»Nicolás, ich bin eine Idiotin«, sagt sie und linst verschämt zwischen ihren Fingern hindurch. »In meinem Übereifer habe ich anscheinend Zimt mit Muskatnuss verwechselt.« Sie schüttelt den Kopf.

Ihre Schmolllippen sind zu schön. Am liebsten würde ich sie küssen.

»Wie peinlich. Ich wollte dir eine Freude machen,

denn eigentlich schmecken sie total köstlich«, entschuldigt sie sich.

»Fehler passieren, Ariana. Ich finde es jedenfalls sehr amüsant«, gestehe ich ihr lachend. »Aber sag mal, ist es nicht so, dass Verliebte die Suppe versalzen, anstatt Zimt mit Muskatnuss zu vertauschen?«

»Das ist mein Untergang. Jetzt hast du etwas, mit dem du mich bis in alle Ewigkeiten aufziehen kannst.«

Ihr Kommentar überrascht mich. Erstens, weil sie nicht auf meinen Verliebt-sein-Kommentar eingeht und zweitens, weil sie wie selbstverständlich davon ausgeht, dass wir in Kontakt bleiben. Ob ihr bewusst ist, dass sie mich damit ganz schön herausfordert? Denn beides klingt verlockend – und diese Situation hier im Bad ist es sowieso.

»Ich kann schweigen, wenn ich will«, entgegne ich und betrachte ihre hinreißend verspannten Gesichtszüge.

»Wenn du willst?« Ein verlegenes Lachen durchbricht die warme Luft. »Na toll. Ich mache mich jetzt lieber fertig, damit wir die Sache ganz schnell vergessen können.«

Ariana richtet sich auf und ihr Brustansatz kommt zum Vorschein. Ich schlucke und komme mächtig ins Schwitzen.

»Willst du mir dabei zusehen, wie ich mich

wasche?«, fragt sie mit einem Zwinkern und ich fühle mich ertappt.

Ich habe keine Ahnung, warum mir plötzlich kein lockerer Spruch über die Lippen kommen will. Vielleicht, weil ich wünschte, diesen Anblick immer genießen zu können.

»Äh ... Ich bin im Wohnzimmer, wenn du mich suchst.« Schnell fliehe ich aus dem Bad, das nun nur noch nach Ariana duftet, vor allem aber vor mir selbst. Denn normalerweise hätte ich jetzt den Punkt erreicht, an dem ich mich nicht mehr zügeln kann. Doch irgendetwas hält mich davon ab, einen Fehler zu begehen.

Winzige Schneeflocken rieseln vom Himmel herab und bestäuben die Asphaltdecke von Manhattan mit einer neuen Puderzuckerschicht.

Ariana ist in ihrem Schlafzimmer und zieht sich um. Meine Räumlichkeiten gehören wieder mir. Doch alles duftet nach ihr und Muskatnuss. Ich grinse.

Ich bin so in Gedanken versunken, während ich das Naturschauspiel vom Fenster aus verfolge, dass ich überrascht zusammenzucke, als mein Handy in der Hosentasche zu klingeln beginnt.

»Nicolás ...«, dröhnt die Stimme des Portiers zu

mir durch. *»Ich schwöre bei Gott, ich habe versucht, sie aufzuhalten. Sie ist fürchterlich. Es tut mir leid …«*

»Stopp …«, unterbreche ich ihn. »Was ist passiert?«

»Nicolás, Ihre Ex ist auf dem Weg zu Ihnen nach oben«, jammert er.

Gott bewahre. Dachte ich wirklich, ich wäre sie los? Meine Schultern sinken nach unten und Fassungslosigkeit breitet sich in mir aus. Normalerweise habe ich kein Problem damit, es mit ihr aufzunehmen, gehe standhaft mit ihren Vorwürfen um und lasse diese an mir abprallen. Doch gerade fühle ich mich kraftlos und versuche mich darauf zu konzentrieren, wie sehr ich mich auf den Abend mit Ariana freue.

Keine fünf Minuten später läutet es an der Tür und ich sehe auf die Uhr. Zum Glück wird gleich mein Fahrer vorfahren und mich aus dem Dilemma befreien.

Es klopft. Darauf folgt ein erneutes Klopfen, diesmal energischer. Ich könnte es ignorieren. Doch ich weiß, wie penetrant Amber sein kann.

Langsam schlendere ich zur Tür und atme noch einmal tief ein, ehe ich ihr öffne. Es geht nur noch um Nichtigkeiten, rede ich mir ein.

Wie ein geölter Blitz stürmt sie an mir vorbei in meine Wohnung und stemmt ihre Hände in die

Hüften. »Nicolás«, herrscht sie mich an. »Ich fliege über Silvester auf die Bahamas. Ich brauche einen Babysitter für Buffy.«

Ich schließe genervt die Augen. Meine Energie schwindet immer mehr. Der Abend hat wirklich schön begonnen. Arianas Brüste, die vom Schaumbad verdeckt waren. Ihr betörender Duft, der sich mittlerweile auch in meiner Bettwäsche verfangen hat und die behagliche Ruhe, die sie ausstrahlt, wirkten wie ein Beruhigungsserum. Amber hingegen macht all das in Sekundenbruchteilen zunichte.

»Nicolás, hörst du mir überhaupt zu?«, zischt Amber ungehalten und blickt von mir zu dem Mistelzweig, der über meinem Kopf schwebt.

Nein. Amber ist mit ihren Nörgeleien bei mir an der falschen Adresse.

»Amber, ich bin nicht der richtige Ansprechpartner für deine Probleme, und ich möchte dich bitten, mich nicht ständig damit zu behelligen.«

Mit zusammengepressten Lippen sieht sie mich an, als die Stille durch das Klicken einer Tür unterbrochen wird und ein paar Sekunden später Ariana in einem langen schwarzen Kleid und mörderischen High Heels in meinem Sichtfeld erscheint. *Fuck.* Sie sieht aus wie eine Göttin.

»Nicolás, ich wäre so weit«, sagt sie ganz unbefangen und so, als ob wir uns allein in meinem Wohnzimmer gegenüberstehen und ich nur auf sie gewartet habe. Habe ich ja auch irgendwie.

Ihr langes Haar hat sie zu einem tiefsitzenden Zopf zusammengebunden und ihre rote Brille ist verschwunden. Ihr gesamtes Erscheinungsbild ist atemberaubend und vernebelt mir den Verstand.

Amber schluckt, versucht aber weiterhin, mich mit Blicken zu töten. In ihr brodelt es unübersehbar. »Wer ist das?«, spuckt sie giftig hervor.

»Das ... ist ...«

Ariana unterbricht mein Gestammel. »Entschuldigung, wie unhöflich von mir«, sagt sie und reicht Amber die Hand. »Ich bin Ariana, Nicolás' Verlobte.«

»Wie bitte?«, faucht Amber und ignoriert die Begrüßung. »Seit wann hast du eine Verlobte?«, wendet sie sich an mich.

»Seit den Feiertagen«, erklärt Ariana und strahlt dabei übers ganze Gesicht.

Grinsend schiebe ich meine Hände in die Hosentaschen und beobachte den Schlagabtausch der Kontrahentinnen. Es amüsiert mich sehr, wie Amber die Gesichtszüge entgleiten und Ariana mich unterstützt.

Wir sind jetzt schon ein eingespieltes Team.

Ariana geht zur Kücheninsel, verstaut ihr Handy

in einer roten Clutch und gewährt mir einen fantastischen Ausblick auf ihren rückenfreien Ausschnitt. Ich bin seltsam fasziniert.

Wenn ich dachte, dass Amber mein Problem an diesem Abend sei, dann habe ich die Rechnung ohne diesen sexy Fummel gemacht. Verdammt.

Ich räuspere mich. »Entschuldige. Warum bist du vorbeigekommen, Amber?«, frage ich, streiche Ariana, die jetzt neben mir steht, über den Arm und greife nach ihrer Hand.

Kurz stelle ich mir die Frage, ob ich mit der Berührung vielleicht ein wenig zu weit gegangen bin. Doch als Ariana unsere Finger ganz selbstverständlich miteinander kreuzt und mir tief in die Augen sieht, löst sich mein Unbehagen auf.

Wütend blickt Amber von mir zu Ariana und wieder zurück. »Was habe ich nur an dir gefunden? Du bist selbstsüchtig und ignorant, Navarro.«

Ich weiß.

»Du hörst von meinem Anwalt«, droht sie mit erhobenem Finger. »Ich habe dich gewarnt, Nicolás.«

Ich weiß.

»Du bist kontrolliert und langweilig.«

Ich weiß.

»Das Leben mit dir war reinste Zeitverschwendung«, giftet sie.

Ich weiß.

Lächelnd atme ich aus, als sie auf dem Absatz kehrtmacht, die Tür lautstark hinter ihr ins Schloss kracht und Ariana meine Hand loslässt.

»Nun, das war interessant«, spricht sie ihre Gedanken aus. »Ein reizendes Geschöpf. Werde ich heute Abend noch weiteren wütenden Ex-Freundinnen von dir begegnen?«

»Nein, sie ist der einzige Fehlgriff.«

Kapitel Sieben

ARIANA

Dick eingemummelt in Schal und Mütze tipple ich mit meinen Winterboots über den Gehweg und weiche den zusammengeschobenen Schneehügeln aus. Den Weg zu meiner Wohnung zu Fuß zurückzulegen, ist mühselig. Nach den ganzen Schneemassen, die überall noch aufgehäuft sind, die Straße zu überqueren, grenzt an ein Kunststück. Mit diesem Problem bin ich glücklicherweise nicht allein. Die Rushhour von New York wurde zur Schleichhour.

Wir Städter sind mit unserer smarten Businesskleidung nicht erprobt darin, solchen Wettereinbrüchen zu trotzen. Da bilde ich auch mit meinem festen Schuhwerk keine Ausnahme.

Der Umzug mit Nicolás' Fahrer gestaltete sich weitaus komfortabler. Doch diesen Fahrservice wollte ich heute nicht schon wieder einfordern. Schließlich beinhaltet meine kostenfreie Unterbringung keine Zusatzoptionen dieser Art.

Aber wie soll ich dann das romantische Dinner bewerten? Es war himmlisch-romantisch und übertraf jegliche meiner Vorstellungen davon, wie ein Abendessen auszusehen hat. Nicolás ist nicht nur attraktiv und zuvorkommend.

Nein.

Er weiß auch, wie und was er anstellen muss, damit sich eine Frau geborgen fühlt. Und so hat es sich für mich viel mehr wie ein Date als eine banale Verabredung angefühlt.

Dieser Umstand verwirrt mich sehr.

Gestern war ich kurz davor, mich auf Nicolás einzulassen. Seine Blicke und flüchtigen Berührungen schickten heiße Wellen über meinen Körper. Ich fühlte mich begehrt und sexy. Doch als wir das Restaurant verließen, war der Zauber fort. Und meine Zweifel, die Signale falsch gedeutet zu haben, sprudelten wieder nach oben.

Ich hole tief Luft, klopfe die Boots vor der Haustür ab und fliehe vor der Kälte ins Innere des Gebäudes, in dem sich meine Wohnung befindet. Männer sind so kompliziert und Nicolás ist wirklich eine harte Nuss. Ich wünschte, unsere Konstellation wäre einfacher und ich würde ihn nicht dermaßen umwerfend finden.

Ein letztes Mal betrete ich den Hausflur meines Appartementhauses, der zum ersten Mal nicht nach exotischem Essen und Zitronenreiniger riecht, sondern verlassen und staubig wirkt.

Nachdenklich öffne ich den Briefkasten und stopfe den Inhalt ungelesen in meine Handtasche. Ein letztes Mal gehe ich die Treppe hinauf, öffne die Wohnungstür meines winzigen Appartements und sehe mich um. Stille und mein vertrauter Duft hängen in der kalten Luft fest.

Dieses Kapitel in meinem Leben werde ich heute für immer beenden. Obwohl ich noch keine langfristige Perspektive für die Zukunft in Aussicht habe, fühlt es sich seltsam befreiend an. Vielleicht, weil es endgültig ist und meine Erinnerungen an meinen Ex mit dem Auszug hoffentlich endlich verblassen. Aus Angst habe ich mich an etwas geklammert, das schon lange nicht mehr gut für mich war. Natürlich weiß ich, dass nichts fehlerfrei oder perfekt ist. Und dass ich mit Veränderungen nicht sonderlich gut umgehen kann, ist mir ebenfalls bewusst. Dennoch habe ich mich regelrecht vor meinem Leben versteckt. Im Grunde war ich in einem Teufelskreis gefangen.

Ohne Geld kann man keine großartigen Sprünge wagen. Und ohne Mut fehlt der Wille. Dank Nicolás habe ich jetzt die Möglichkeit, etwas anzusparen, um mir dann eine Wohnung einzurichten und die Sicherheit, mir dabei Zeit zu lassen, das Richtige für mich zu finden.

Das hört sich alles so jämmerlich an. Aber es ist meine einzige Hoffnung auf einen Neustart.

Entschlossen rücke ich meine Brille auf der Nase zurecht, blicke mich ein letztes Mal um, schiebe den Schlüssel ins Schloss und lasse meine Vergangenheit hinter mir.

~

»*Autsch ...*«, schreie ich schmerzerfüllt auf und reibe über die verbrannte Hautpartie an meinem Zeigefinger. Meine Güte, Ariana. Heute stellst du dich beim Bügeln vollkommen duselig an. Zum zweiten Mal streife ich mit der heißen Bügelsohle an meinem Finger vorbei, als ich den Hemdstoff auf dem Bügelbrett glattziehe. Kein Wunder. Ich stehe neben mir, weil meine Gedanken ständig zu Nicolás gleiten.

Denn seitdem er auf meine Frage, ob er mich heute Abend zur Obdachlosenhilfe der *St. Patricks Cathedral* begleitet, mit einem ‚Ja, gern' geantwortet hat, bin ich völlig aus dem Häuschen. Er hat ‚Ja' gesagt.

Seit einer Stunde versuche ich mich mit der

Hausarbeit von ihm abzulenken und die Tatsache zu verdrängen, dass er mir zugesagt hat. Was leider nicht im Ansatz funktioniert. Ich bin total nervös.

Es ist nur eine simple Verabredung, eher ein Gefallen, weil eine helfende Hand erkrankt ist. Seine Zustimmung zu bekommen, ohne ihm großartige Beweggründe nennen zu müssen, schmeichelt mir dennoch.

Vielleicht ist sein Kern doch viel weicher als angenommen. Es reizt mich jedenfalls, das herauszufinden. Ich werde immer mehr zum Fan von Nicolás Navarro. Das Leben hält doch noch süße Seiten für mich parat.

Grinsend hänge ich das weiße Hemd auf den Bügel und verschließe den obersten Knopf. Die gestärkten Hemden sehen an ihm unfassbar gut aus. Und irgendwie fühlt es sich schön an, dass meine Zauberhände dafür verantwortlich sind. Wie sein Heimchen am Herd fühle ich mich trotzdem nicht. Das Leben ist mit Kompromissen verbunden und nichts ist selbstverständlich. Das, was ich hier bekomme, geht weit über jegliche Zugeständnisse hinaus. Ich bin ihm sehr zu Dank verpflichtet. Der Deal ist mehr als fair.

Zwei Stunden und einen weiteren verletzten Finger später gehe ich schwer bepackt in sein Schlafzimmer und verstaue seine Kleidung im Schrank.

Zufrieden streiche ich mit der Handfläche über die Kommode und mich überfällt eine wohlige Gänsehaut, als ich mich daran erinnere, wie Nicolás auf dem Wannenrand saß und mich mit funkelnden Augen ansah. Die Begegnung war heiß. Extrem heiß.

Nachdem er mich allein gelassen hatte, wusch ich mich und entfernte restlos alle Spuren meiner wunderbar entspannenden Badesession.

Ob er sich in meiner Nähe auch jemals mal entspannt und das, was ihn bisher davon abhält, für ein paar Stunden ausblendet? Wir wären wie füreinander geschaffen. Und das Leben ist doch viel zu kurz und kostbar, um ständig vernünftig und angepasst zu sein.

Nicolás

Ich stelle den Korb mit den Brötchentüten auf dem Klapptisch am Stand der Obdachlosenhilfe ab und beobachte aus nächster Entfernung, wie Ariana liebevoll mit den Menschen spricht und ihnen ihre Aufmerksamkeit schenkt. Besonders vertieft ist sie in ein Gespräch mit einer älteren Dame, dem ich neugierig folge.

»Ach, meine Liebe, vielen Dank für die Tüte mit den warmen Anziehsachen«, sagt diese mit rauer Stimme und tätschelt Arianas Hand.

»Sehr gern, Maggie«, erwidert Ariana und streicht der nach vorn gebeugten Frau über den Arm. »Wenn du noch etwas benötigst, sag Felicity doch bitte Bescheid. Ich werde mich darum kümmern.«

»Ariana, du bist ein Geschenk des Himmels.

Danke. Möge der liebe Gott dich beschützen, mein Kind.«

Lächelnd reicht sie der Frau einen dampfenden Teller. »Dich auch, danke.«

Mein Herz zieht sich zusammen. Ariana hat mit eigenen Problemen zu kämpfen, und trotzdem opfert sie sich für die Menschen auf. Ich werde ihr meine Unterstützung anbieten. Endlich öffnet mir jemand die Augen, dass ich mit meinen finanziellen Mitteln etwas Gutes tun sollte.

Während Ariana mit Begeisterung den Metalllöffel in den großen Topf taucht und Teller für Teller mit der heißen Hühnersuppe befüllt, färben sich ihre Wangen rot und sie strahlt über das ganze Gesicht. Sie ist nicht nur zauberhaft, sondern das liebenswürdigste Wesen auf dem Planeten. Sie ist großmütig und besitzt ein feines Gespür. Obwohl sie beim Backen Muskatnuss statt Zimt in den Waffelteig gibt und ihre Dessous heute zwischen meinen Socken lagen, schmeißt sie den Haushalt mit links. Als der schwarze Seidenstoff durch meine Fingerspitzen glitt, konnte ich mir wegen der Verwechslung ein fettes Grinsen nicht verkneifen. Den verführerischen Slip habe ich ihr nicht zurückgegeben, er gehört jetzt mir.

Sie fühlt sich wohl und ich schätze ihre Gesellschaft. Und die Vorzüge ihres Körpers sind auch nicht zu verachten. Der Gedanke an Ariana in schwarzen Dessous erregt mich.

Fasziniert beobachte ich ihre Hingabe, wie sie mit den Menschen umgeht und ihnen aufmunternde Worte mit auf den Weg gibt. Dafür muss man geboren sein. Sie trägt diese Wärme in sich und muss sich dabei nicht verstellen.

Ich bin gehemmt und meine Worte wirken wie einstudiert, als ich die Brötchentüten verteile und ein gesegnetes neues Jahr wünsche. Trotzdem sieht sie mich glücklich an und formt mit ihren Lippen ein lautloses ‚Danke', das ich mit einem nachdenklichen Lächeln quittiere.

Bisher hatte ich noch keine Berührungspunkte dieser Art mit Menschen, die auf der Straße leben. Es ist erschreckend, wie zufrieden sie wirken, obwohl sie von einem sorgenfreien Leben weit entfernt sind. Und ich beklage mich, wenn ein Blizzard über die Stadt hereinbricht und das Stromnetz lahmlegt.

Irgendwann bemerkt man überhaupt nicht mehr, wie gut es einem geht, hält es für selbstverständlich, was man hat. Man wertschätzt noch nicht mal mehr eine warme Mahlzeit, die so wichtig ist.

Bin ich wirklich so selbstverliebt, wie Amber behauptet? Sie ist doch selbst mit einem goldenen Löffel im Mund zur Welt gekommen und ignoriert die Wünsche der anderen.

»Alles gut?«, erkundigt sich Ariana und stupst mir mit ihrem Ellenbogen in die Rippen, als sie eine Pause einlegt, weil der Suppentopf leer ist. »Du wirkst abwesend.«

Ich zucke mit den Schultern. »Bin ich ein Egoist?« Die Frage lässt mich nicht los und ich brauche Arianas Bestätigung. Ich weiß, wie introvertiert und unerbittlich ich sein kann, wenn es um mein Privatleben geht.

Schmunzelnd kreuzt sie die Arme vor der Brust und reckt mir ihr Kinn entgegen, bevor sie zu einer Antwort ansetzt. »Nicolás, warum fragst du das? Weil es dir besser geht als ihnen? Das darfst du nicht denken. Du bist hier und hilfst.« Sie macht eine ausladende Handbewegung. »Und wenn du nicht gewesen wärst, würde ich vielleicht jetzt auch hier in der Schlange stehen und mich über eine warme Mahlzeit freuen. Du bist mein Retter. Glaub das, was deine Ex dir da in ihrer Wut an den Kopf geworfen hat, nicht. Es entspricht nämlich nicht der Wahrheit.«

Nachdenklich betrachte ich die Menschen, die mit ihrem gesamten Hab und Gut aus der Kirche kommen und sich für eine Suppe anstellen. Sie haben mit ganz anderen Dämonen zu kämpfen. Und ich mache mir Sorgen, ob Ariana mich für einen Egoisten hält. Ich bin einer, eindeutig.

Ich verziehe die Mundwinkel. »Mein Job verlangt diese Kaltschnäuzigkeit. Und ich weiß, dass ich diese Eigenschaft in meinem Privatleben nur sehr schwer ablegen kann.«

Ihr süßes Lächeln umspielt wieder ihre Lippen. »Ehrlich? Soll ich dir verraten, wie du auf mich wirkst?«

Ich nicke und mein Herz macht auf einmal einen merkwürdigen Satz. In welche Richtung driftet dieses Gespräch nun ab?

»Ich sehe einen erfolgreichen und attraktiven Mann, der sich beruflich verausgabt und sich im Privatleben nichts zutraut.«

Langsam bekomme ich das Gefühl, dass sie eher meine Retterin ist. Diese Tatsache erregt mich mehr als der schwarze Seidenstoff in meiner Sockenschublade. Dennoch bemühe ich mich, bei der Sache zu bleiben. Das hier ist wichtig.

»Denkst du, ich bin ein Feigling?«, hake ich nach und suche in ihrem Gesicht nach einer Antwort.

Sie zuckt mit den Schultern. »Wenn du es so nennen willst. Im Job fährst du volles Risiko, tagtäglich und bei allen Deals. Und privat bekommst du nichts auf die Reihe.«

»Mit Amber ging es auch schief«, rede ich mich raus. »Ich bin nicht dafür gemacht.«

»So ein Quatsch«, widerspricht sie und schüttelt

vehement mit dem Kopf. »Schon mal darüber nachgedacht, dass sie vielleicht die Falsche war?«

Kurz schließe ich die Augen und atme tief ein. »Meine Eltern sind mit keinem guten Beispiel vorangegangen, wie eine perfekte Beziehung auszusehen hat.«

»Mal davon abgesehen, dass nichts perfekt ist, Nicolás, darauf willst du dich stützen? Das ist deine Ausrede? Weil deine Eltern es verbockt haben, weißt du nicht, wie es funktioniert und was dich glücklich machen würde?« Missbilligend zieht sie die Mundwinkel nach unten. »Worauf soll ich es schieben, dass mich mein Ex mit einer Kollegin betrogen hat? Darauf, dass ich bei meiner Granny groß geworden bin? Das ist absoluter Unsinn. Beziehungen können scheitern.«

Mein Herz beginnt zu rasen. »Entschuldige. Um eine ausführliche Diskussion über unser Leben zu führen, scheint mir der Ort gerade unpassend zu sein«, sage ich und trete die Flucht an.

Hinter mir stößt sie ein wütendes Geräusch aus. »Du ziehst dich schon wieder zurück. Das tust du immer. Warum ist jetzt der falsche Zeitpunkt?«, ruft sie mir nach.

Ich drehe mich zu ihr um. Ich mag ihr Temperament, und dennoch sollten wir es gut sein lassen. »Ariana, es ist kompliziert.«

»Das erwähntest du schon mal. Ich würde es nur gern verstehen.« Sie wirkt verletzt.

Mit drei langen Schritten stehe ich direkt vor ihr. Mit beiden Händen, die in dicken Handschuhen stecken, umfasse ich ihre wattierten Schultern. »Warum?«, frage ich leise.

Kurz weicht sie meinem Blick aus. »Weil ich wissen will, wie du tickst, wenn du deine Gefühle nicht unterdrückst.«

Verdammt. Sie ist die Erste, die hinter meine Fassade schauen will und nicht lockerlässt. Sie hat keine Ahnung, wie sehr sie mich durcheinanderbringt.

»Hey, ihr Turteltauben, Nachschub ist da. Die Teller füllen sich nicht von allein«, flötet Felicity und eilt mir zur Rettung.

Mit dem Zeigefinger pikst mich Ariana durch den dicken Stoff meiner Jacke und berührt meine Brust. »Denk bloß nicht, dass du mir entkommst. Das Thema ist nicht beendet und ich will eine Antwort.« *Und ich bin mehr als bereit, sie dir endlich zu geben.*

Kapitel Acht

ARIANA

»Was stellst du da eigentlich mit den Menschen an?«, fragt Nicolás lachend, als wir verfroren und mit roten Nasen in sein Wohngebäude an der Upper East Side stürmen. »Dealst du?«

Als ich seinen komischen Gesichtsausdruck sehe, breche ich unwillkürlich in schallendes Gelächter aus. »Natürlich, was sonst? Ich deale mit B-Ware, die zum günstigen Preis abgegeben wird.«

»Kaufst du sie dann?«, fragt er, und die ausgelassene Stimmung endet, als sich die Lifttüren mit einem leisen *Pling* öffnen und wir hineinschlüpfen.

»Ja, meistens schon. Es gibt aber auch einige Modehäuser, die sich an dieser Aktion beteiligen.« Ich seufze, als ich meine kalten Hände aneinanderreibe. »In diesem Jahr sind die Spenden leider etwas geringer ausgefallen, aber ich konnte das Loch auch nicht stopfen, indem ich selbst mehr dazulege.«

Sein Blick gleitet über mein Gesicht und plötzlich beginnt die Luft um uns herum zu knistern. Es liegt eine Zärtlichkeit in seinen Augen, die ich nie zuvor gesehen habe. In meinem Bauch schlagen die Schmetterlinge nervös mit ihren Flügeln.

»Sag mir, was du brauchst, ich werde es übernehmen.«

Bei der Art und Weise, wie er *was du brauchst* betont und mich ansieht, beginnt meine Haut zu prickeln. Na super. Jetzt entwickelt mein Körper wieder ein Eigenleben und ich bin kaum noch in der Lage zu atmen, so sehr fesselt mich dieser Augenblick. Meistens sind diese Momente nicht von Dauer und Nicolás zieht sich zurück. Spätestens wenn die Türen aufgleiten, ist es vorbei, da bin ich mir sicher. Deshalb genieße ich das Hier und Jetzt umso mehr.

»Das mache ich, Nicolás«, wispere ich verträumt. »Ich brauche dich.« Ich bin von dem Hauch eines Lächelns um seine Lippen so fasziniert, dass ich kaum bemerke, was ich da rede.

Der Aufzug hält und die Türen springen auf. Doch das Knistern bleibt und die Luft um uns herum lädt sich weiter auf, während wir uns ununterbrochen ansehen.

Nicolás löst sich als Erster, öffnet die

Wohnungstür und ich trete ein. Ich bin froh, dass ich seinem Blick kurz ausweichen kann. Mein Rücken prickelt, als die Tür mit einem Klicken ins Schloss fällt, und ich wünsche mir, dass er nun endlich den ersten Schritt wagt.

Stoff raschelt und leise Bewegungen sind zu hören. Mein Herz schlägt immer schneller, und ich spüre nahezu unbändiges Verlangen, von ihm geküsst zu werden.

Der Duft von Orangentee, den wir vor dem Verlassen der Wohnung getrunken haben, liegt noch in der Luft. Es duftet verführerisch, weil sich ein intensiver Geruch damit vermischt. Nicolás. Er steht hinter mir. Ich kann es spüren.

Ein Schmunzeln ziert meine Lippen, als ich seine Hände auf meinen Hüften spüre und ich weiter in die Wohnung geschoben werde.

Was hat er vor? Erlöst er uns endlich oder wird sich unsere Anziehung noch weiter verschlimmern? Meine Gefühle geraten außer Kontrolle, dennoch zögere ich den nächsten Blickkontakt heraus. Ich will, dass er die Veränderung auch spürt.

Heißer Atem streift mein Ohr und sofort rollt eine wohlige Gänsehaut über meinen Körper. »Und ich brauche dich, Ariana.«

O Gott, das passiert wirklich.

Ich wirble herum und stehe ihm direkt gegenüber. Aber nicht irgendwo. Wir stehen im Türrahmen, direkt unterm Mistelzweig.

Wir sind uns so nah wie an keinem anderen Tag zuvor. Sein Blick wandert von meinen strahlenden Augen zu meinem Mund, und mein Herz rast.

Die Welt dreht sich wie in Zeitlupe, als er mein Gesicht mit beiden Handflächen umfasst. »Entschuldige, dass ich so ein Dummkopf war und dir deinen Weihnachtswunsch nicht eher erfüllt habe.«

Erst verstehe ich nicht, was er damit sagen will. Doch als er kurz nach oben blickt und grinst, ist es sehr eindeutig, was er meint. *Ein Kuss unterm Mistelzweig.*

Automatisch wandern meine Hände in seinen Nacken und meine Lippen prickeln vor Vorfreude, während wir uns tief in die Augen sehen.

Der Moment ist wahnsinnig aufregend. Ich weiß, dass er mit diesem Kuss meine Knie weich werden lässt und meinen Verstand vollständig lahmlegen wird. Doch das ist genau das, was ich jetzt will und brauche, wonach ich mich sehne.

Bevor ich noch weiter darüber nachdenken kann, wie unser erster Kuss verlaufen wird, ergreift Nicolás die Initiative und senkt seine Lippen auf meinen Mund.

Meine Finger finden seine Mütze, ziehen sie ihm vom Kopf und lassen sie achtlos fallen, gleiten in sein

Haar. Seufzend öffne ich meinen Mund und blende die Welt um mich herum aus. Alles was zählt, ist er.

Ein Knurren entweicht seiner Kehle. Er legt seine Hand an meinen Hinterkopf und intensiviert den Kuss.

Es ist unglaublich schön.

Unsere Atmung geht unregelmäßig, fast stoßweise und ich spüre, dass dieser Kuss nicht so schnell enden wird. Was ich auch gar nicht will. Ich will mehr. Mehr von ihm, einfach alles. Weil ich ihn brauche. Für einen Moment will ich mich fallen lassen und all das Schlechte, das mich in diesem Jahr begleitet hat, vergessen.

Langsam beginnen die Stoffschichten zwischen uns zu stören und ich zupfe mit vor Aufregung zittrigen Fingern an den Knöpfen seines Wintermantels herum. Obwohl es eine Schande ist, gerade jetzt unseren leidenschaftlichen Kuss zu unterbrechen. Aber meine Haut sehnt sich danach, endlich von ihm berührt zu werden.

Sanft streicht er ein letztes Mal mit seinem Mund über meine Lippen, ehe er mich eindringlich ansieht. »Willst du mich, Ariana?«

»Ja, ich will dich«, antworte ich atemlos und betrachte ihn mit derselben Intensität.

»Und ich will meine Gefühle für dich nicht mehr länger für mich behalten müssen.«

Liebevoll legt er seine Stirn an meine, reibt mir über den Rücken und ich schließe grinsend meine Augen. Ich bin gerade unendlich glücklich.

»Dann tu es nicht, Nicolás. Ich will, dass du sie mir zeigst«, hauche ich, während meine Fingernägel an seinen Konturen über den Bart kratzen.

Einer weiteren Aufforderung bedarf es nicht, damit er mir meinen dicken Wintermantel von den Schultern streift und mir dabei behilflich ist, seinen zu öffnen.

O ja. Das hier ist noch viel besser als unsere verschneiten Weihnachtstage, die für sich schon ein Highlight waren.

Wie nach einem Startschuss lassen wir all unsere Zurückhaltung fallen und scheren uns nicht um mögliche Konsequenzen, die unser vorübergehendes Zusammenleben gefährden könnten.

Meine Hände landen erneut in seinem dichten Haar, seine bahnen sich einen Weg über meinen Rücken bis zum Po und er presst mich an sich, während er gleichzeitig meinen Mund mit einem wilden Kuss versiegelt.

Lediglich unser Seufzen und Keuchen sowie das Rascheln unserer aneinanderreibenden Kleidung durchbrechen die Stille. Seine Zunge taucht tief in meinen Mund ein und lässt mich aufstöhnen. Gott, ist das heiß.

Sein Unterleib drückt sich gegen meinen Bauch und ich kann spüren, wie sehr er mich will. Ein sehnsuchtsvolles Ziehen fährt mir zwischen die Beine, meine Hände gleiten tiefer und ich kralle mich in seine starken Schultern.

Ich ringe nach Luft und erwidere seinen stürmischen Kuss.

Obwohl sich unsere Körper eng aneinanderschmiegen, ist es nicht genug. Ich will seine Lippen überall spüren.

Nicolás schiebt mich zur Kücheninsel, hebt mich hoch, setzt mich darauf ab und zieht mir den langen Wollpulli über den Kopf. Doch leider ist das nicht die einzige Schicht, die stört. Eine weitere Lage aus einem eng anliegenden weichen Rolli folgt.

Gierig gleiten seine Hände über den dünnen Stoff und er reibt mit den Daumen über meine harten Knospen, die sich um Aufmerksamkeit bettelnd durch meinen BH drücken. Mit den Handflächen stütze ich mich auf der Arbeitsfläche ab und genieße die zarte Folter seiner starken Hände.

Machtlos zerfließe ich unter seinen Berührungen und wünsche mir, dass das hier niemals endet.

Langsam schieben sich seine Finger unter mein Oberteil und es dauert nur einen Wimpernschlag, bis er es mir ausgezogen hat. Sein vor Erregung dunkler Blick gleitet über mich. Genüsslich leckt er sich über die Lippen, als er meine Beine weiter spreizt, mich zu sich heranzieht und meinen Hals mit zarten Küssen benetzt.

Stöhnend werfe ich den Kopf in den Nacken und versuche das Verlangen, das in mir schwelt, während er meine empfindliche Haut liebkost, zu kontrollieren. Doch als ich seine Erregung an meiner Mitte spüre, brenne ich lichterloh und will endlich mehr.

»Nicolás ...«, flehe ich.

Seine Hände und sein Mund verschwinden plötzlich und wir sehen uns atemlos an, bevor er sich mit einem Griff in seinen Nacken in einer fließenden Bewegung seinen dunklen Merinopullover mitsamt dem T-Shirt über den Kopf zieht.

Mmh ... Unwillkürlich zuckt es in meinen Fingern und ich berühre seine nackte harte Brust, die sich unter seiner schnellen Atmung rhythmisch hebt und senkt. Ein fantastischer Anblick und ein unglaubliches Gefühl.

Nicolás hält meinen Blick gefangen, als meine Hände zum Bund seiner Hose gleiten und ich der Länge nach über seine Männlichkeit streiche.

Zischend zieht er die Luft zwischen den Zähnen ein, während ich ihn weiter durch die Hose verwöhne. Und ich lasse mir alle Zeit der Welt, ihn damit verrückt zu machen. Ungeduldig öffnet er die

Knöpfe meiner Jeans und zerrt sie von meinen Beinen.

Jetzt throne ich in BH und Höschen vor ihm auf der Arbeitsplatte und bin bereit, den nächsten Schritt zu wagen. Mit ihm.

»So unglaublich sexy ...«, sagt er mit belegter rauer Stimme, während er mit zwei Fingern an meinem Hals entlang fährt und seine Reise über meine Brüste fortsetzt.

Mein Atem geht schneller, als er tiefer wandert, über meinen feuchten Seidenslip streicht und ihn dann zur Seite schiebt.

Warum hat er so lange gegen den Drang, mich zu wollen, angekämpft?

Ohne Vorwarnung lässt er einen Finger in mich hineingleiten und krümmt ihn an der richtigen Stelle. Ich keuche leise auf. Gott, ist das gut.

Dann sind seine Hände verschwunden und er entledigt sich seiner Jeans und der Boxerbrief. Sein perfekter Körper bietet mir einen göttlichen Anblick. Wie eine Süchtige lasse ich meinen Blick an ihm hinabgleiten.

»Zieh deinen BH aus«, fordert er mich auf, während er seine Finger unter den Bund meines Höschens klemmt und es herunterzieht.

Lautlos sinken unsere Kleidungsstücke zu Boden

und Nicolás drückt seinen Mund hart auf meine Lippen.

Ein wohliger Schauer überfällt mich, als er, ohne den Kuss zu unterbrechen, seine Hände auf meinen Hüften ablegt und ich die seidige Spitze seiner Männlichkeit an meinem Eingang spüre.

An seinem verschleierten Blick erkenne ich, dass die Lust ihn vollständig unter Kontrolle hat und er jetzt keinen Rückzieher mehr machen wird. Was perfekt ist, denn genau so hat es sich in meiner Fantasie abgespielt. Und es geht mir dabei um weitaus mehr als um sexuelle Anziehung. Was die ganze Geschichte noch problematischer macht.

Nicolás

Wenn ich mich eher darauf eingelassen hätte, wäre es nicht so vollkommen wie jetzt, davon bin ich überzeugt.

Mit einer ungeöffneten Packung Kondome, die ein intensives Empfinden versprechen, kehre ich zurück zu ihr und genieße es, sie anzusehen, während es mir mit zwei Handgriffen gelingt, ein eingeschweißtes Folienpäckchen herauszunehmen und es mit den Zähnen aufzureißen.

Ihre umwerfenden Kurven schimmern verführerisch im Schatten der gedämpften Beleuchtung. Ein hocherotischer Anblick, der nur für mich bestimmt ist.

Mit dem Daumen wische ich über Arianas vom Küssen leicht geschwollene, glänzende Lippen. Ihr seidiges Haar hängt halb auf ihrer nackten Schulter und ihre Brüste recken sich mir einladend entgegen. Als wenn sie meine Gedanken lesen könnte, schlingt sie ihre Beine um meine Taille.

Ja. Ich will dich auch. Sogar sehr. Ich streife mir das Kondom über.

Doch bevor ich mich in dir vergrabe, muss ich von dir kosten.

Ich beuge mich nach vorn. Liebkose ihre empfindsame Haut. Inhaliere ihren Duft, der mein Verlangen noch weiter steigert, und nehme ihren linken Nippel in meinen Mund. Knabbere und lecke mit der Zunge über ihre harten Knospen.

Ihre Finger greifen in mein Haar. Ein angenehmes Kribbeln zieht über meine Kopfhaut. Sie scheint eine Vorliebe für meinen Haarschopf zu haben. Sie keucht, als ich meine Hände zur Hilfe nehme und ihre Brüste massiere. Offensichtlich hat sie genauso viel Gefallen daran wie ich, denn ein Schauer durchläuft ihren Körper und sie atmet unkontrolliert.

Mit der Hand streiche ich über ihren flachen Bauch, tauche erneut mit dem Finger in ihrer süßen Mitte ab und stimuliere sie. Ariana wirft den Kopf in den Nacken, seufzt und presst ihre Schenkel gegen meine Hüften.

Ihre Augenlider beginnen zu flattern, während sie mich mit kreisenden Hüftbewegungen in den

Wahnsinn treibt. Ihre Bewegungen sind nicht sanft, sie sind fordernd und stellen meine Willenskraft auf eine harte Probe. Dabei wollte ich sie bis zum Äußersten reizen und ihre Lust ins Unermessliche steigern. Und jetzt bin ich derjenige, der sich nicht mehr zurückhalten kann. Weil ich in ihr sein muss.

Von ihrer Reaktion angefeuert, dringe ich mit einem kräftigen Stoß in sie ein und sehe ihr dabei tief in die Augen. Ich konnte diesen Augenblick nicht mehr länger hinauszögern, sonst wäre ich an meiner eigenen Lust vergangen.

»So perfekt«, knurre ich lustvoll.

Kurz verharre ich in ihr und diesem Moment, halte ihren Blick fest, lasse uns zu Atem kommen und präge mir ihre Sinnlichkeit für alle Ewigkeit ein. Ein unglaubliches Gefühl.

Was für ein verrücktes Jahresende, auf das wir gemeinsam zusteuern. Im Traum hätte ich nicht daran gedacht, dass eine neue Frau an Weihnachten in mein Leben rauscht. Und dann auch noch so ein hübscher Weihnachtsengel.

Alle Zweifel, die mich seit unserer ersten Begegnung plagten, sind wie ausgelöscht. Das hier ist richtig, so verflucht richtig.

Ich lege meine Hände um ihre Hüften, während sie sich an meinen Schultern festkrallt. Ich liebe den Druck ihrer Nägel auf meiner Haut und fühle mich dadurch bestätigt, es nicht langsam angehen zu lassen.

Tief gleitet meine Zunge in ihren Mund, während ich synchron in rhythmischen Bewegungen in sie stoße. Es ist heiß. Himmlisch heiß und verlockend.

»Nicolás«, japst sie, »du fühlst dich so unglaublich gut an.« Bei ihrem lasziven Ton spannt sich meine gesamte Muskulatur an. Wellen der Lust vermischen sich mit weiteren heißen Küssen und treiben uns stetig auf den Gipfel zu.

Ich winkle ihre Beine an, um tiefer in sie hineinzugleiten. Als Reaktion darauf gibt sie einen unglaublich erotischen Laut von sich, der mich beinahe kommen lässt.

Mein Atem geht schneller, abgehackt und intensiv. Schweißperlen stehen auf meiner Stirn. Mein Rücken beginnt vor Anspannung zu kribbeln. Ich höre Arianas Stöhnen, das sich mit meinem Knurren vermischt und spüre, wie der Höhepunkt über uns hereinbricht.

Innig vereint küssen wir uns weiter. Erst wild wie Ausgehungerte, dann zärtlich wie zwei Liebende, bis das Abebben des Orgasmus deutlich zu spüren ist.

Ich ringe um Atem, lege meine Stirn an ihre und grinse wie ein Irrer. Vor Glück. Vor Freude. Vor Befriedigung.

»Das war phänomenal«, flüstere ich und küsse sie sanft, während ich immer noch in ihr bin.

Das war definitiv keine heiße Nummer, um Stress abzubauen. Keine einmalige Sache. Denn das Gefühl, dass durch meine Brust jagt, spricht für eine Veränderung in meinem Leben.

»O ja«, seufzt sie. »Das war es.«

Behutsam umschließe ich mit meinen Händen ihr Gesicht, nach ihrem Blick suchend. Ihre dunklen Augen glitzern und eine unglaubliche Zufriedenheit breitet sich in mir aus. Das war ich.

Sie macht mich glücklich.

Sanft und vorsichtig küsse ich sie, um sicherzugehen, dass sie sich nicht beim nächsten Atemzug als Hirngespinst entpuppt und für immer verschwindet.

Nach einer gefühlten Ewigkeit lösen wir uns voneinander, ich ziehe mich aus ihr zurück und richte eine Riesensauerei an, indem ich das Kondom falsch abrolle. Anfängerfehler. Wie konnte das passieren?

Grinsend streiche ich ihr mit der sauberen Hand durchs Haar. »Warte. Ich mache dich sauber.«

»Bin ich nicht dafür zuständig?«, neckt sie mich.

Ich schüttle mit dem Kopf. »Nein. Daran bin ich schuld, also ist das meine Aufgabe.«

Mit warmen Tüchern kehre ich zurück, säubere

erst sie und entferne anschließend die Flüssigkeit auf dem Boden.

Als ich alles im Müll entsorgt habe und zu Ariana zurückgehe, sagt sie: »Schuld? Siehst du das so? Denn ich wollte es genauso wie du.«

Selig befriedigt lächle ich sie an und hebe sie von der Arbeitsfläche herunter, um sie in mein Schlafzimmer zu tragen. »Nein. Das weiß ich. Aber du hast es verdient, dass ich mich um dich kümmere. Deshalb war das mein Part. Und ich habe vor, das zu wiederholen.«

Mit einem lasziven Augenaufschlag sieht sie mich an und wirkt für meinen Geschmack schon wieder viel zu verführerisch. Ihre Haare streifen ihre Brüste und wippen im Takt, als ich sie auf den Armen in meine Höhle bringe. Denn genauso besitzergreifend führe ich mich gerade auf.

»Nicolás, das klingt mehr als verlockend.«

»Unglaublich verlockend. Ich habe nicht vor, daran in den nächsten Stunden etwas zu ändern«, entgegne ich mit einem Zwinkern.

Ich traue meinen Ohren kaum, dass ich das laut ausspreche. Aber nachdem ich Ariana heute beobachtete, wurde mir nicht nur klar, dass ich etwas für sie empfinde, ich verliebte mich von Minute zu Minute mehr in diese liebenswerte und äußerlich wie innerlich schöne Frau.

Momentan habe ich keinen blassen Schimmer, wohin das mit uns führt. Doch das spielt auch gerade keine Rolle. Zum ersten Mal habe ich nicht das Bedürfnis, alles zu kontrollieren. Und merkwürdigerweise macht mir das nicht einmal Angst. Nicht, wenn Ariana an meiner Seite ist.

Nichts ist vorhersehbar und die Liebe bleibt nur, wenn man sich dafür mächtig ins Zeug legt. Ich bin bereit, dieses Risiko einzugehen. Weil ich sie will.

Epilog

ARIANA

Genau heute vor einem Jahr entdeckte ich die ungeöffneten Briefumschläge auf dem Sideboard in meinem Schlafzimmer. Die, die ich bei meinem letzten Besuch in meiner Wohnung mitgenommen hatte und die unabsichtlich vollkommen in Vergessenheit geraten waren. Völlig verständlich. Die Tage rund um den Jahreswechsel waren turbulent und Nicolás hat mich zu sehr abgelenkt.

Sehnsüchtig denke ich an seine heißen Küsse, als ich in seinem Penthouse die letzten Kerzen auf dem Esstisch mit einem weiteren Streichholz anzünde, während er die Deckenbeleuchtung dimmt und grinsend auf mich zugelaufen kommt. *Mein Traummann.*

Wir harmonieren hervorragend miteinander und

unser Zusammenleben funktioniert perfekt. Er ist perfekt.

Anfangs war es lediglich eine vorübergehende Lösung, um mein Wohnungs- und sein Wäscheproblem zu beheben. Doch schnell entwickelte sich daraus ein Deal mit gewissen Vorzügen, die uns davon abhielten, die Wohnungssuche zu intensivieren und eine neue Haushaltshilfe zu suchen.

Aus einem Deal wurde Liebe.

Wenn ich ehrlich bin, habe ich mich in unsere morgendliche Routine, das gemeinsame Kaffeetrinken mit zweideutigen Gesprächen, ehe er ins Büro fährt, verliebt. Diese Zweisamkeit löst ein unersättliches Gefühl von Geborgenheit aus. Es hat etwas Beständiges. Dabei ist es nur Kaffee. Total verrückt, wie simpel Liebe sein kann.

Zum Glück hatte ich im letzten Jahr zumindest diesen einen sehr wichtigen Umschlag mit dem goldenen Firmensignet geöffnet und er war nicht durch einen plötzlichen Windzug hinter den Schrank gerutscht.

Niemals hätte ich damit gerechnet, eine Antwort von Karen Miller auf meine ungeplante Bewerbung, die ich aufgrund einer Kurzschlussreaktion während einer meiner Einkaufstouren bei *Bloomingdale's* unternahm, zu erhalten. Zumal ich damals in der Eile sogar vergaß, ihr meine vollständigen Kontaktdaten zu nennen.

Wie unprofessionell.

Aber an diesem chaotischen Tag, kurz nach der schmerzhaften Trennung von meinem Ex, war nichts normal. Die Hektik, die Karen bei der flüchtigen Begegnung verbreitete, führte zusätzlich zu meinem Blackout. Welch Wunder, wenn Herzschmerz an erster Stelle steht und man der besten Personalshopperin der Stadt begegnet.

Wie ein Wirbelwind rauschte sie auf ihren High Heels und in ihrem gepunkteten Kleid an mir vorbei, um in die Limousine zu steigen, die am Straßenrand auf sie wartete. Deshalb notierte ich lediglich meine Adresse auf der Rückseite eines Dekoengels aus Pappe, den ich im Vorbeigehen am Eingangsbereich vom geschmückten Weihnachtsbaum entwendete und eilte ihr hinterher.

Grinsend riss sie mir die goldene Dekoration mit meinen unvollendeten Kontaktdaten aus der Hand und wurde im nächsten Atemzug mitsamt der hochglanzpolierten Limousine vom Verkehr verschluckt.

Nur durch diese überraschende Begegnung mit Karen – und die Magie der Weihnacht hat dabei vermutlich auch eine sehr große Rolle gespielt –, bekam ich auf ganz altmodische Weise einen Brief an meine Anschrift zugeschickt. Mit meinem nächsten Weihnachtswunder. Denn darin befand sich ein neues Jobangebot, das ich nicht ablehnen konnte. Und was soll ich sagen: Ich liebe diesen Job, *meinen Traumjob*, meine neue Chefin. Und sie mich. Wir sind das perfekte Team, gemeinsam machen wir unsere Kunden glücklich. Meiner Ex-Chefin gefällt das natürlich gar nicht. Aber das ist mir egal.

Kerzen flackern, im Kamin knistert das Feuer und der massive Tisch ist mit feinem Porzellan gedeckt. All das sorgt dafür, dass das Abendessen unendlich romantisch wird. Der Mistelzweig mit der roten Schleife durfte an den Weihnachtsfeiertagen natürlich nicht fehlen. Nicolás hat ihn sogar selbst aufgehangen. Denn ich werde nie vergessen, wo und wann ich meinen ersten Kuss von ihm bekam. *Unterm Mistelzweig.*

Aus dem Ofen duftet es himmlisch nach scharfem Curry-Hühnchen – Nicolás' Lieblingsessen – und an unserem Jahrestag fehlt damit nur noch eins: rieselnde Schneeflocken.

Doch in diesem Jahr ist alles anders.

Kein Blizzard, der alles lahmlegt.

Keine fristlose Kündigung der Wohnung.

Kein Wunschzettel aus Hilflosigkeit.

Keine Geldsorgen.

Kein Herzschmerz.

Sein Mund verzieht sich zu einem glücklichen

Lächeln, während er die gemütliche Atmosphäre und den gedeckten Tisch auf sich wirken lässt. »Es ist perfekt, Ariana«, murmelt er leise an mein Ohr, als er seinen Kopf senkt und seine Arme um mich schlingt. »Danke«, fügt er liebevoll hinzu und mein Herz beginnt vor Freude zu hüpfen.

Lächelnd schmiege ich mich an seine Brust, während er mich näher zieht und seine Finger in meinem Haar verschwinden. Mit leichtem Druck beginnt er meine Kopfhaut zu massieren. *Mmh.* Das könnte er stundenlang tun.

Als ich mich von ihm löse, huscht mein Blick zu dem eingerahmten Bild auf der Kommode, das uns am Valentinstag mit einem knallrot bemalten Herz zeigt, in dem Nicolás den obligatorischen Wohnungsschlüssel versteckt hatte, um meine Wohnungssuche offiziell zu beenden. Es war ein traumhafter Tag. Und wir beide haben uns seitdem sehr weit aus unseren Komfortzonen herausbewegt. Es war goldrichtig, endlich mutig zu sein.

Im Laufe des Jahres haben mir seine Fürsorglichkeit und Aufrichtigkeit bestätigt, dass es die richtige Entscheidung war, hier bei ihm zu bleiben. Ich will nie wieder an einem anderen Ort sein und küsse Nicolás flüchtig, ehe ich mich um das Essen kümmere.

Eine Traumwohnung.

»Bereust du es?«, möchte er wissen, als ich den duftenden Reis in eine Schüssel umfülle und Nicolás die Auflaufform mit dem Hühnchen auf dem Tisch abstellt.

»Was?«, frage ich und folge ihm mit der Porzellanschüssel.

»Dass du meine Hemden bügelst?«, entgegnet er, während er mich mustert.

Ein verwundertes Lachen gleitet über mein Gesicht. »Nein. Wie kommst du denn darauf?«

»Ich will nur wissen, ob es dir gut geht, Ariana.« Er starrt mich an und ich kann in seinem Blick sehen, dass ihn die Frage sehr beschäftigt.

Ich stelle den Reis auf dem Tisch ab und gehe mit einem entschlossenen Blick auf ihn zu. »Du hast Angst, gibs zu«, fordere ich ihn heraus.

»Wäre das ein Wunder?« Nicolás schenkt mir ein schiefes Grinsen. »Du weißt, wie schwierig es bisher für mich war, eine funktionierende Liebesbeziehung zu führen.«

»Ja, weiß ich.« Mitfühlend kreuze ich unsere Finger, um die Bedeutung meiner Worte zu unterstreichen. »Doch deine Angst ist unbegründet, weil ich dir schon vor einem Jahr gesagt habe, dass sie vielleicht die Falsche war und nicht in dein strukturiertes Leben hineinpasste. Ich habe selbst einen Job, den ich liebe. Deshalb kann ich sehr gut nachvollziehen, wie hart du arbeitest und unterstütze dich.«

Nicolás sieht mich zärtlich an und streicht mir eine der wilden Locken, die ich mir zur Feier des Tages mit einem Lockenstab ins Haar gestylt habe, hinters Ohr. »Und aus diesem Grund muss ich wissen, ob es dir gut geht.«

Verträumt blicke ich ihn an und erinnere mich an all unsere schönen Momente. »Ja, Nicolás«, sage ich und lege meine Hände in seinen Nacken, während mich seine Augen neugierig anfunkeln. »Mir geht es sehr gut, weil du mich, deinen sogenannten Weihnachtsengel, nie vergisst. Es sind die kleinen Gesten, die mich glücklich machen. Ich liebe dich und deinen inneren Struggle, alles richtig machen zu wollen.« Nun kann ich mir ein verliebtes Seufzen nicht mehr verkneifen, stelle mich auf Zehenspitzen und küsse ihn auf den Mund.

»Mmh«, brummt er leise. »Das hört sich ganz nach einer Liebeserklärung an.«

Ich lächle.

»Dir könnte ich dieselbe Frage stellen. Bist du glücklich?«, versuche ich ihm seine Gedanken zu entlocken.

Lächelnd legt er seine Hände um mein Gesicht, um mir tief in die Augen zu sehen. »Ja, sehr sogar. Du bist mein Weihnachtsengel und bereicherst mein

Leben, Ariana. Du machst es bunter, und du bist alles, was ich will und brauche. Dieses eine Jahr mit dir hat mir gezeigt, dass es sich lohnt, auf sein Herz zu hören.« Nicolás verharrt mit mir für einen Atemzug lang in diesem romantischen Augenblick, ehe er weiterspricht: »Ich liebe dich.«

In meinem Bauch breitet sich ein warmes Gefühl aus, während seine Lippen meine zu einem leidenschaftlichen Kuss verführen.

Wir wissen beide, dass wir uns täglich unseren Aufgaben stellen müssen, um die Liebe festzuhalten. Für immer.

»Dann wird es für mich endlich Zeit, dir auch den letzten Wunsch von deinem Wunschzettel zu erfüllen.«

Ich runzle die Stirn. Hat er jetzt magische Kräfte? »Ich wusste nicht, dass du nun die Fähigkeit besitzt, das Wetter zu beeinflussen.«

»Ich nicht. Aber der Wettergott hilft mir zum Glück dabei.« Nicolás dreht mich herum und deutet mit dem Finger auf die bodentiefe Fensterfront, vor der wie durch ein Wunder Schneeflocken in der Dunkelheit tanzen. »In einer Stunde beginnt unsere *Kutschfahrt im Schnee.*«

Mein Herz klopft wie wild und ich bedecke meinen vor Erstaunen weit aufgerissenen Mund mit meinen Handflächen, während sich mein Traummann von hinten an meinen Rücken schmiegt und wir gemeinsam die glitzernden Schneekristalle dabei beobachten, wie sie vom Himmel herabrieseln. »Das ist wie Magie.«

ENDE

Danke

Es ist ganz wundervoll, dass Du Dich für meinen **weihnachtlichen Liebesroman** zwischen Weihnachtsglitzer und Schneegestöber entschieden hast und dafür danke ich Dir sehr. Es bedeutet mir sehr viel, Dich als Leserin gewonnen zu haben und ich hoffe, dass Dir die romantische und sehr atmosphärische Geschichte in Manhattan, von Ariana & Nicolás, gefallen hat.

Und da ich jetzt total neugierig bin, wie sie Dir gefallen hat, würde ich mich sehr über ein Feedback oder Rezension freuen. Das wäre großartig!

Während dieser Entstehungsreise haben mich ganz viele tolle Menschen unterstützt:

Torsten Sohrmann, Hannah & Stefanie

Und natürlich geht ein ganz großes »DANKESCHÖN« an meine lieben Leser:innen und Buch-Blogger:innen. »Ihr seid einfach toll! Ohne euch hätte ich nie so einen perfekten Start.«

Ich würde mich freuen, wenn Du mich auf meinem Weg weiterhin begleitest und wir miteinander verbunden bleiben. Lass uns zusammen auf romantische Entdeckungsreisen gehen, um dem stressigen Alltag zu entfliehen. Darüber würde ich mich sehr freuen.

Möchtest Du mehr von mir, meinem Leben, meinen Büchern und meinen Neuerscheinungen erfahren, bist Du herzlich eingeladen, Dich auf meiner Homepage umzusehen.

www.annaferber.de

ANNAS LOVE - BOOKS CLUB

Möchtest Du gern Mitglied in meinem **LOVE – BOOKS CLUB** werden, um exklusive Einblicke zu erhalten oder um mehr über mich und meine Bücher zu erfahren?

Dann melde Dich zu meinem *LOVELETTER* an.

Verpasse nie wieder eine Neuerscheinung oder allgemeine Infos über mich, sehe meine neuen Cover und Klappentexte vor allen anderen. Erhalte vorab exklusive Leseproben von noch unveröffentlichten Projekten und sichere Dir die Chance auf tolle Gewinne!

In unregelmäßigen Abständen erhältst Du von mir Post – immer dann, wenn es von mir etwas Neues oder Schönes zu verkünden gibt. Und das Beste daran ist, dass Du all die ganzen Infos als Erste erfährst.

Natürlich ist **ANNAS LOVE – BOOKS CLUB** für Dich komplett kostenlos und Du kannst Dich auch jederzeit wieder abmelden.

Hier geht's zum LOVELETTER:
https://annaferber.de/newsletter/

Bleib immer up to date und folge mir auf:

Instagram
Facebook

Möchtest Du mir schreiben? Du hast Fragen an mich? Melde Dich bei mir: info@annaferber.de

»Folge der Sehnsucht,
Dein Herz gibt den Takt vor!«

Ich freue mich auf Dich!

Herzlichst,
Deine Anna

Bücher von Anna Ferber

AUCH WORKAHOLICS BRAUCHEN LIEBE

ZWEIMAL IST KEIN ZUFALL

DOWNHILL: FREESTYLE FÜR DIE LIEBE

FAITHFUL BEATS: VERFÜHR MICH, BAD BOY

WAVEBREAKER KÜSST MAN NICHT

LOVE ME ONE NIGHT

CHRISTMAS DEAL IN DEN HIGHLANDS

CHRISTMAS KISS UNTERM MISTELZWEIG

SOMMERKÜSSE UND STÜRMISCHE GEZEITEN

TOUCHDOWN MIAMI HEAT: KÜSSE SIEGEN, LIEBE GEWINNT

Scan me

Texte: Anna Ferber
c/o Federina Books
Krammwinkel 9
45891 Gelsenkirchen

Cover-/ Umschlaggestaltung:
Buchgewand Coverdesign –
www.buch-gewand.de

Bildmaterialien:
stock.adobe.com:
Pärchen: © drubig-photo
depositphotos.com:
© Photosiber
© IzelPhotography
© rabbit75_dep
© lavendertime_
© Prikhnenko
© xload
© catreen
© popcic
© Subbotina

Bild-Vorwort:
stock.adobe.com:
Mistelzweig: © spacewo

Kapitelsymbole:
stock.adobe.com:
Herz: © supergrey
Hirsch: © Елена Фаенкова

Lektorat/Korrektorat: Hannah Schink

Printed in Poland
by Amazon Fulfillment
Poland Sp. z o.o., Wrocław

27646475R00124